Colin Dexter

Phantasie und Wirklichkeit

Stories

Deutsch von
Karin Polz,
Ute Tanner und
Elfi Hartenstein

rororo

Rowohlt

Karin Polz übersetzte «Phantasie und Wirklichkeit»,
Ute Tanner «Jede Frau hat ein Geheimnis» und
Elfi Hartenstein «Nachbarschaftshilfe»

Die Originalausgabe erschien 1983 unter dem Titel
«Morse's Greatest Mystery» bei Macmillan, London

Veröffentlicht im
Rowohlt Taschenbuch Verlag GmbH,
Reinbek bei Hamburg, Juli 1996
Die Erzählungen der vorliegenden Ausgabe
wurden dem Band
«Ihr Fall, Inspector Morse» entnommen

Umschlaggestaltung Beate Becker/Gabriele Tischler
(Foto: Andrew J. Song/G + J Photonica)
Satz Sabon (Linotronic 500)
Gesamtherstellung Clausen & Bosse, Leck
Printed in Germany
200-ISBN 3 499 22062 8

Inhalt

Phantasie und Wirklichkeit
7

Jede Frau hat ein Geheimnis
83

Nachbarschaftshilfe
104

Phantasie und Wirklichkeit

Teil eins

Dido bemüht sich, den schweren Blick
zu erheben, und wieder
Bricht er, und unter der Brust gischt
tiefgestoßen die Wunde
(Vergil, *Aeneis, IV.* 688–89)

«Nun fahren Sie schon!»

«Ich werde dort sein, so schnell ich kann, Sir, das bin ich immer.»

«Was soll *das* nun wieder heißen?»

Lewis bog am Carfax nach links ab, hinunter in die High Street, dann mit heulender Sirene über die Magdalen Bridge und schließlich vorbei an den asiatischen Lebensmittelgeschäften und den indischen Restaurants in der Cowley Road.

«Ich meine», sagte Lewis nach einer Weile, «hier haben wir wieder einen Mord am Hals, und *Sie* werden es schaffen, oder? Sie schaffen es immer.»

«Fast immer», räumte Morse ein.

«Und ich nicht. Ich habe einen zweitklassigen Verstand...»

«Unterschätzen Sie sich nicht, Lewis! Lassen Sie das die anderen für Sie tun.»

Lewis brummte ohne jeden Humor: «Ich bin wie eine Inlandsbriefmarke, eine Briefmarke zweiter Klasse, und das wissen Sie genau.»

«Aber auch Briefmarken zweiter Klasse erreichen gewöhnlich ihr Ziel.»

«Ja, das tun sie. Sie brauchen nur teuflisch lange.»

«Fahren Sie langsamer!»

Morse hatte einen Stadtplan von Oxford studiert und zeigte jetzt mit einem Finger nach rechts.

«Hier ist es, Lewis. Jowett Place. Welche Nummer haben Sie gesagt?»

«Wahrscheinlich dort, wo die beiden Polizeiwagen stehen, Sir.»

Morse grinste dünn. «Behalten Sie dieses Niveau deduktiven Verstands bei, Lewis, und wir haben den Fall gelöst, bevor die Pubs öffnen.»

Es war 8.50 Uhr an diesem trüben, zeitweilig nieselnden Morgen von Montag, dem 15. Februar 1993.

Die Oxford City Police hatte sich vor einer Stunde oder etwas früher mit dem CID in Kidlington in Verbindung gesetzt, nachdem sie einen 999-Anruf von einem gewissen Paul Bayley erhalten hatte, dem Mieter des ersten Stocks in dem schmalen zweistöckigen Haus am Jowett Place 14. Bayley, ein ehemaliger Student der Geschichte am Magdalen College in Oxford, hatte an diesem Morgen festgestellt, daß ihm die Milch ausgegangen war, und war nach unten gegangen, hatte an die Tür der Mieterin unter ihm, Miss Sheila Poster, geklopft, hatte die Tür unverschlossen gefunden, und dort...

So sagte er jedenfalls.

Morse sah hinunter auf die voll bekleidete Frau, die direkt an der Tür des Wohnzimmers im Erdgeschoß lag, den linken Arm ausgestreckt, die gepflegten Fingernägel bemüht, so schien es, nach der Tür zu greifen. Unter und vor ihrem Körper befand sich eine bedrückend große Menge angetrockneten verfilzten Blutes, und obwohl man die Waffe entfernt hatte, war es selbst für einen medizinisch so ahnungslosen Mann wie Morse möglich, zu dem einfachen Schluß zu kommen, daß die Frau höchstwahrscheinlich durch einen Stich durch das Herz getötet worden war. Lange dunkle Locken umrahmten das blasse Gesicht, aus dem die großen braunen Augen unverwandt auf einen abgetretenen limonengrünen Teppich starrten.

«Wunderhübsches Mädchen», sagte Lewis leise.

Morse schaute weg von dem schrecklichen Anblick, sah hinüber zu dem Fenster mit den zugezogenen Vorhängen und trat dann aus dem Zimmer in den engen Flur, wo Dr. Laura Hobson, die Polizeipathologin, sich leise mit einem der Polizeibeamten unterhielt.

«Sie gehört Ihnen», sagte Morse, in einem Ton, der andeutete, daß der Verzicht auf die Verantwortung für die Leiche eine Art von Erleichterung für ihn bedeutete. Was es auch wirklich tat, denn Morse war immer vor dem Anblick gewaltsamen Todes zurückgeschreckt.

«Komischer Name, ‹Poster»›, wagte Lewis zu bemerken, als die beiden Kriminalbeamten die enge Treppe von Nummer 14 hinaufstiegen.

«Finden Sie?» fragte Morse, und seine

Stimme verriet kein großes Interesse an der Angelegenheit.

Bayley saß in seinem unordentlichen Wohnzimmer neben einem Constable; er war trotz seiner breiten Hüften und seines strähnigen Haars ein recht gut aussehender Bursche, etwa Ende Zwanzig, unrasiert, mit einem kleinen Ring im linken Ohr und einem Pferdeschwanz. Wie vorherzusehen gewesen war, empfand Morse eine sofortige und heftige Abneigung gegen ihn.

Er sei in der Kneipe gewesen (gab Bayley an) und habe *King's Arms* in der Broad Street bis zur Polizeistunde nicht verlassen. Danach sei er mit einem Freund in dessen Wohnung gegangen, um weiterzufeiern, und habe dort auch geschlafen – bevor er um etwa Viertel nach sieben zum Jowett Place zurückgekehrt sei. Den Rest habe er der Polizei bereits mitgeteilt. Okay?

Während Bayley seine Aussage machte, klappte er nervös die Penguin-Ausgabe von Vergils Aneis auf und zu, und Morse nahm (wieder mit Abscheu) den tiefsitzenden Schmutz unter Bayleys Fingernägeln zur Kenntnis.

«Sie haben in der vergangenen Nacht mit einer Frau geschlafen?»

Bayley nickte mit gesenktem Blick.

«Wir müssen nach ihrem Namen fragen – mein Sergeant wird Ihre Angaben überprüfen. Sie sehen das ein?»

Bayley nickte wieder. «Vermutlich. Ja.»

«Sie haben sie keinen Moment verlassen?»

«Ich bin ein oder zweimal aufs Klo gegangen.»

«Sie gehen mit vielen Mädchen ins Bett?»

«So würde ich das nicht ausdrücken, nein.»

«Jemals mit ... mit der Frau von unten geschlafen?»

«Sheila? Nein, nie.»

«Es mal versucht?»

«Einmal.»

«Und?»

«Sie sagte, wenn wir eine Beziehung anfangen wollten, müsse es eine zerebrale, keine konjugale sein.»

«Mit Worten konnte sie also umgehen, wie?»

«Das könnte man sagen.»

«Wann haben Sie zum letztenmal mit ihr gesprochen?»

«Vor etwa einer Woche. Wir sprachen über... sie sprach – über epische Dichtung.

Sie … lieh mir dieses … dieses Buch. Ich wollte es ihr heute … zurückgeben.»

Lewis sah peinlich berührt weg, als Tränen Bayleys Augen langsam verschleierten, doch Morse musterte den jungen Mann ihm gegenüber noch eine Weile länger mit nachdenklichen Blicken.

Unten, im zweiten der beiden im Erdgeschoß (zusammen mit der Küche) vermieteten Zimmer am Jowett Place Nr. 14, betrachtete Morse sinnend das Doppelbett, in dem die ermordete Mieterin vermutlich des Nachts geschlafen hatte. Zwei weiche Kissen verbargen ein langes, flaschengrünes Nachthemd, das Morse leicht berührte, bevor er das Federbett im William-Morris-Stil zurückschlug und seine Aufmerksamkeit dem Laken zuwandte.

«Kein Hinweis auf nächtliche Emissionen in der letzten Zeit, Sir.»

«Sie haben eine vornehme Art, sich auszudrücken», sagte Morse.

Das Zimmer war spärlich eingerichtet, spärlich dekoriert. Ein großer Mahagonischrank nahm neben dem Bett den meisten Raum ein. Auf dem Nachttisch standen eine Lampe, ein Wecker, ein Kästchen, das ein halbes Dutzend Stücke billigen Modeschmucks enthielt; daneben lag ein einziges Buch: *Reflexionen über Inspiration und Kreativität*, von Diogenes Small (Macmillan, £ 14.99).

Morse nahm das Buch und schlug es dort auf, wo ein blaues Lesezeichen aus Leder (‹Grüße aus Erzincan›) hineingesteckt worden war, und las dann ohne erkennbare Begeisterung die mit gelbem Filzschreiber markierten Sätze laut vor:

Offensichtlich stützt unser Autor sich auf Charaktere und Vorfälle, die seiner persönlichen Erfahrung entnommen sind. Das ist unvermeidlich. Das ist lobenswert. Doch immer sind es jene *fiktiven* Addenda, die die wahre Alchimie bewirken, die unseren erdgebundenen Künstler erheben und ihn hoch schweben lassen auf den Flügeln von Freiheit und Kreativität.

«Verdammter Mist!»

«Wie bitte, Sir?»

«Beherrscht nicht mal die Rechtschreibung», murmelte Morse. Lewis nahm das Lesezeichen aus dem Buch.

«Wo ist Erzincan?»

«Keine Ahnung. Als ich zur Schule ging, mußten wir eins von den drei ‹G›s nehmen: Griechisch, Geschichte oder Geographie.»

«Und Sie haben sich nicht für Geographie entschieden ...»

Aber Morse stand schweigend am Fenster (die Vorhänge waren jetzt zurückgezogen), das auf ein Stück laubbedeckten Rasens hinter dem Haus ging. Irgend etwas rief tief in ihm eine Erinnerung wach, wie die Eröffnungsakkorde vom *Rheingold*, Akkorde, die sich für den Augenblick jedoch seinem Gedächtnis entzogen.

Lewis öffnete die Schranktüren; an der Stange hing eine bescheidene Kollektion von Kleidern und Mänteln, und ein halbes Dutzend Paare billiger Schuhe stand ordentlich aneinandergereiht auf dem Boden.

Von oben hörten Morse und Lewis das Knarren von Fußbodenbrettern; jemand – es mußte wohl Bayley sein? – ging ununterbrochen auf und ab. Morse richtete die Blicke langsam zur Decke.

Aber er sagte nichts.

Weder das Schlafzimmer noch die Küche hatten etwas von besonderem Interesse geboten, und Morse war gespannt auf Dr. Hobsons Bericht, wie vorsichtig er auch formuliert sein mochte, als sie eine halbe Stunde später aus dem Mordzimmer kam.

«Sieht nach einem scharfen Messer aus – zweiter Versuch –, wahrscheinlich von oben eingedrungen. Hat furchtbar geblutet, wie Sie gesehen haben … na ja, die meisten von uns würden auch so bluten – wenn ihnen ein Messer durchs Herz gestoßen würde. Sollte nicht besonders schwierig sein, die Tatzeit einigermaßen präzise zu ermitteln – ich werde es mir natürlich noch genauer ansehen – aber ich schätze, etwa vor acht bis zehn Stunden. Nicht länger, denke ich. Elf, zwölf Uhr letzte Nacht.»

«Nachdem die Pubs zugemacht hatten.»

«*Sie* hat nichts getrunken, Inspektor.»

«Oh.»

Morse legte seine Hand leicht auf die Schulter der jungen Pathologin und bedankte sich. Ihre Augen sahen interessant aus – und interessiert. Manchmal dachte Morse, er könne sich in Laura Hobson verlieben – und manchmal dachte er, er könnte es nicht.

Es war fast Mittag, bevor Morse Anweisung gab, die Leiche fortzuschaffen. Die Leute am Tatort hatten ihre Arbeit abgeschlossen, und auf dem Teppich lag jetzt eine dicke, durchsichtige Plane. Lewis war, zusammen mit zwei Polizisten, schon seit längerem unterwegs, um sich um die vorbereitenden Maßnahmen zu kümmern: Bayleys Alibi zu überprüfen, die Nachbarn zu befragen und soviel wie möglich über Sheila Posters Vergangenheit herauszufinden. Und Morse selbst stand jetzt allein in dem Zimmer, in dem Sheila Poster ermordet worden war, und sah sich um.

Aber es war fast sofort offensichtlich, daß sehr wahrscheinlich nicht viel zu finden war. Die acht Schubladen des modernen Schreibtischs, der an der Innenwand stand, waren absolut leer, was zu der fast unvermeidlichen Folgerung führte, daß der Mörder systematisch den Inhalt einer jeden Schublade sowie das, was auf dem Schreibtisch stand, eingepackt hatte, in ... nun, in irgend etwas – etwa einen schwarzen Plastikbeutel? Und dann war er in der Nacht verschwunden, mit Handschuhen sehr wahrscheinlich, denn Morse war berichtet worden, daß man keine fremden Fingerabdrücke gefunden hatte – nur die fast überall vorhandenen der ermordeten Mieterin. Die Oberflächen vom Schreibtisch, von den Regalen und allen Möbeln, vom Fenster – von allen waren pflichtgemäß Fingerabdrücke genommen worden, aber es schien höchst unwahrscheinlich, daß ein so methodisch vorgehender Mörder irgendeine leicht lesbare Signatur hinterlassen hatte.

Es war auch keine Handtasche da, keine Urkunden irgendeiner Art – nichts.

Oder doch?

Über dem Schreibtisch hing an einer Schnur von der Bilderleiste eine Sperrholzplatte herunter, etwa 75 mal 75 Zentimeter, auf der mit verschiedenfarbigen Heftzwekken zehn Dinge befestigt waren: fünf Medici-Reproduktionen von bekannten Bildern (darunter zwei Präraffaeliten), ein Faksimiledruck von Keats' ‹Ode an eine Nachtigall›, eine Postkarte, die die Totenmaske von Tutanchamun zeigte, ein Foto von einem Eisvogel, der, einen großen Fisch im Schnabel, auf einem Schild mit der Aufschrift ‹Fischen verboten› saß, eine gedruckte Einladung zu einem St.-Hilda's-Old-Girls'-Treffen im März 1993 und ein Handzettel, auf dem ein Krimi-Kurzgeschichten-Wettbewerb der Oxfordshire County Libraries angekündigt wurde: ‹Erster Preis 1000 Pfund, Preisrichter Julian Symons und H. R. F. Keating – Einsendeschluß 10. April 1993›.

Bemerkenswert! Noch sieben Wochen.

Aber Sheila Poster würde sich jetzt wohl nicht an dem Wettbewerb beteiligen, nicht wahr, Morse?

Er entfernte methodisch die Heftzwecken von den Karten und drehte sie um. Vier waren leer – offensichtlich zu dekorativen Zwecken erworben. Aber zwei enthielten eine kurze Nachricht. Auf der Karte aus Ägypten stand in einer, wie Morse annahm, männlichen Schrift: «Kairo ist verdammt heiß, aber ich wünschte, du wärest hier. B.» Und auf der Rückseite von Collins' ‹Convent Thoughts› stand in einer, wie Morse annahm, weiblichen Schrift: «Habe mich für das Wochenende zurückgezogen. Ich wußte, daß Männer mir nicht fehlen würden. Aber sie fehlen mir!! Susan.»

Auf jeder Seite des mit Brettern vernagelten Kamins standen fünf Bücherborde, der Inhalt systematisch geordnet: Austins Romane oben links, Wordsworth' Gedichte unten rechts. Morses Blick fiel auf Housmans *Gesammelte Gedichte*, und er zog seinen alten Liebling heraus. Das Buch öffnete sich sofort bei ‹Letzte Gedichte› XXVI., wo eine Postkarte (noch eine) hineingesteckt worden war: Sie zeigte ein Foto von Straßen in San Jose' (so stand darauf), und auf der Rückseite war mit schwarzem Kugelschreiber geschrieben:

‹Und weit getrennt sind wir, mein Lieb,
Und Meere zwischen den Zwei'n.›

Morse lächelte vor sich hin; das Gedicht, aus dem die Zeilen stammten, hatte viele Monate zu seiner eigenen geistigen Ausrüstung gehört.

Aber sehr bald war aus dem Lächeln ein Stirnrunzeln geworden. Dieselbe Schrift hatte er doch erst vor ein paar Sekunden gesehen? Er nahm die Karte aus Kairo noch einmal von der Pinnwand, und ja, die Handschriften stimmten zweifellos überein.

Na und?

Na und, Morse? Doch viele Sekunden lang waren seine Augen so still wie die Augen, die von der Maske des Tutanchamun blickten.

Zwanzig Minuten später kam Lewis mit forschen Schritten ins Zimmer und las sofort aus seinem Notizbuch vor:

«Sheila Emily Poster, das Examen in Englisch im St. Hilda's 1990 mit ‹gut› bestanden, 25 Jahre alt, kommt aus Bristol, Vater starb '84 – Hodgkinsche Krankheit. Mutter in einem Spezialkrankenhaus dort, Alzheimersche Krankheit, einziges Kind, arbeitete eine Zeitlang im Archiv der geologischen Abteilung der Universität, wohnt seit fast zehn Monaten in diesem Haus, 490 Pfund monatlich, 207 Pfund auf der Bausparkasse, 69,40 Pfund auf ihrem Girokonto bei Lloyds.»

«Heutzutage kann man Zinsen auf Girokonten bekommen, wußten Sie das, Lewis?»

«Sehr nützlich zu wissen, Sir.»

«Sie haben schnelle Arbeit geleistet.»

«War leicht. Quästor vom St. Hilda's, Sozialamt, Lloyds Bank – keine Probleme. Mord hilft einem manchmal, nicht?»

Ein plötzlicher Regenguß schraffierte die Windschutzscheibe, und Morse starrte hinaus auf den melancholischen Tag:

‹Ich weiß nicht, ob es Regen gibt, mein Lieb,
In dem Land, wo du jetzt liegst ...›

«Bitte, Sir?»

Aber Morse schien Lewis nicht zu hören. «Da ist all das Zeug, Lewis ...» Morse zeigte vage auf die Stapel von Zeitschriften. «Sie sehen sie besser mal durch.»

«Können wir nicht jemand anders ...»

«Nein!» wetterte Morse. «Ich brauche

Hilfe – *Ihre* Hilfe, Lewis. Machen Sie schon, Herrgott noch mal!»

Weit entfernt davon, ärgerlich zu sein, empfand Lewis eine stille Befriedigung. In nur einer Hinsicht war er etwas ganz Besonderes als Polizeibeamter, das wußte er: Es gab nur einen Menschen, mit dem der bärbeißige Morse mit einer gewissen Gelassenheit zusammenarbeiten konnte – und das war er selbst, Lewis.

Darum machte er sich mit dem gewohnten Maß an Engagement an die Viertkläßler-Hausaufgabe, die Stapel von Frauen-Magazinen, Modejournalen, Rundschreiben und ähnlichem durchzusehen, die sich auf dem Boden und in den beiden Nischen des Wohnzimmers angesammelt hatten.

Er war noch immer bei der Arbeit, als etwas über eine Stunde später Morse von seinem Mittagessen zurückkehrte, das er ausschließlich in flüssiger Form zu sich genommen hatte.

«Etwas gefunden?»

Lewis schüttelte den Kopf. «Nur ein oder zwei lustige Sachen.»

«Und? Lassen Sie hören. Das Leben ist traurig genug.»

Lewis blätterte in einem der Stapel zurück, fand ein Exemplar der *Oxford Gazette* (Mai 1992) und las von der Rückseite vor:

Putzhilfe gesucht

Drei Vormittage wöchentlich
Stundenlohn nach Vereinbarung
Akademiker(in) bevorzugt

Morse war nicht beeindruckt. «Wir sind alle überqualifiziert hier in Oxford.»

«Nicht *alle*.»

«Wie lange brauchen Sie noch?»

«Noch etwa eine halbe Stunde.»

«Dann verlasse ich Sie jetzt.»

«Was werden Sie tun, Sir?»

«Ich werde weiter nachdenken. Wir sehen uns im Präsidium.»

Morse verließ das Haus und ging die Cowley Road hinunter zur Plain, über die Magdalenbrücke und die High Street weiter in die Catte Street zur Broad Street und stand dann einen Moment lang unentschlossen vor der

Blackwell's-Buchhandlung und der schmalen Fassade des angrenzenden *White Horse* (‹Ganztägig geöffnet›) – bis ihm plötzlich eine Idee kam.

Er nahm bei St. Giles' ein Taxi hinaus nach Kidlington. Aber nicht zum Polizeipräsidium, sondern zur Blenheim Close 45, der Adresse, die auf dem Handzettel zum Krimi-Kurzgeschichten-Wettbewerb angegeben war.

«Sie kommen eigentlich ein bißchen zu früh», gab Rex De Lincto, der kleine, dicke, fast glatzköpfige, etwas schwerhörige Präsident der Oxford Book Association Morse zu verstehen. «Es sind noch beinahe zwei Monate, und die meisten Einsendungen werden wir in der letzten Woche oder so erhalten.»

«Aber Sie haben schon *einige?*»

«Neun.»

De Lincto ging zu einem kleinen Schrank, nahm eine handgeschriebene Namensliste heraus und reichte sie Morse.

1 IAN BRADLEY
2 EMMA SKIPPER
3 VALERIE WARD
4 JIM MORWOOD
5 CHRISTINA COLLINS

6 UNA BROSHOLA
7 ELISSA THORPE
8 RICHARD ELVES
9 MARY ANN COTTON

Morse überflog die Liste, und seine Aufmerksamkeit konzentrierte sich bald auf den letzten Namen.

«Merkwürdig», murmelte er.

«Bitte?»

«Mary Ann Cotton. Der gleiche Name wie der einer Frau, die in den 1880er Jahren im Gefängnis von Durham gehängt wurde.»

«Tatsächlich?»

«Und sehen Sie sich *das* an!» Morse zeigte auf Nummer 5, Christina Collins. «Sie hat es fertiggebracht, sich irgendwo in Staffordshire auf dem Kanal ermorden zu lassen.»

«Ich kann Ihnen nicht so recht folgen, Inspektor.»

«Geben Einsender manchmal erfundene Namen an?»

«Das kann man nie wissen, nicht wahr? Ich meine, wenn sie sagen, sie seien Donald Duck...»

Morse nickte. «Dann *sind* sie Donald Duck.»

«Man würde vielleicht ein Pseudonym benutzen, wenn man ein etablierter Autor wäre …»

«Aber dieser Wettbewerb ist nur für Anfänger, oder?»

«Sie haben das Kleingedruckte gelesen, Inspektor.»

«Aber woher wissen Sie dann, wer gewonnen hat?»

«Manchmal wissen wir es auch nicht. Nicht am Anfang. Aber jeder Teilnehmer schickt uns eine Adresse.»

«Ich verstehe.»

Morse warf wieder einen Blick auf die Liste, und plötzlich erstarrte er. Die Hinweise, jedenfalls einige, begannen sich in seiner Vorstellung ineinanderzufügen. Der Handzettel zum Kurzgeschichten-Wettbewerb, die Bemerkungen von Diogenes Small, diesem Guru kreativen Schreibens, das Buch, das der junge Bayley sich geliehen hatte … die Übersetzung von Vergils *Äneis*, in der Dido, die Königin von Karthago, sich in Äneas verliebt hatte und sich dann in ihrer Verzweiflung erstach … Dido … die bei den Phöniziern Elissa hieß!

Morse zog einen Bleistift hervor und machte einen schrägen Strich durch jeden der zwölf Buchstaben von ELISSA THORPE, in einer, wie es De Lincto erschien, völlig willkürlichen Reihenfolge, doch einer Reihenfolge, die für Morse den Namen SHEILA POSTER ergab.

Morse erhob sich und sah zu dem kleinen Schrank hinüber. «Sie geben mir wohl besser Geschichte Nummer sieben, wenn Sie so freundlich sein wollen, Sir.»

«Natürlich. Und wenn ich das sagen darf, Sie haben eine sehr gute Wahl getroffen, Inspektor.»

Nur eine Nachricht erwartete Morse, als er in sein Büro im Präsidium zurückkehrte: Dr. Hobson hatte angerufen, um mitzuteilen, daß Sheila Poster etwa in der zwölften Woche schwanger gewesen sei. Aber Morse widmete dieser neuen Information nur geringe Aufmerksamkeit, weil es etwas gab, was er sofort tun mußte.

Darum lehnte er sich bequem in seinem alten schwarzen Ledersessel zurück – und las eine Geschichte.

Teil zwei

> Doch immer sind es jene *fiktiven* Addenda,
> die die wahre Alchimie bewirken.
> (Diogenes Small, Reflexionen über
> Inspiration und Kreativität)

Die Geschichte (hier wörtlich abgedruckt), die Morse jetzt zu lesen begann, war sauber getippt und sorgfältig verfaßt.

Ich hatte die Anzeige in der *Gazette* gesehen.

Sie würde eine Frau sein, die stumm und ohne Lächeln durch Türen ging, die für sie aufgehalten wurden, eine Frau, die mit lauter Stimme am Schalter einer Bank sprach, eine Frau, die sich ihrer angeborenen Überlegenheit über ihre Mitmenschen bewußt war.

Kurz gesagt, sie würde eine Dame aus Nord-Oxford sein.

Und das war sie – eine Dame mit einem Doppelnamen.

Ich war befriedigt, wenn auch überrascht, daß meine sorgfältig formulierte Bewerbung in Betracht gezogen worden war, und ich erwischte den Bus rechtzeitig.

Um genau halb elf ging ich über den mit Steinplatten belegten Weg, der den unkrautfreien Vorrasen in zwei Teile zerschnitt, und klopfte an die Tür von *The Grange* in der Squitchey Lane.

Eine Viertelstunde später, nach einem letzten Schluck des bitter schmeckenden Kaffees, hatte ich den Job in der Tasche.

Wie?

Ich war mir nicht sicher, damals noch nicht. Aber als sie mich fragte, ob mir der Kaffee geschmeckt habe, sagte ich, daß ich Pulverkaffee vorzöge, und sie lächelte dünn.

«Das sagt mein Mann auch immer.»

Ich hoffe, meine Stimme zeigte kein unangemessenes Interesse.

«Ihr Mann?»

«Er ist im Ausland. Die Amerikaner holen ihn aus.»

Sie stand auf.

«Wissen Sie, warum ich Ihnen den Job angeboten habe?»

Es war ein wenig riskant, aber ich sagte es: «Niemand sonst hat sich beworben?»

«Es überrascht mich nicht, daß Sie einen akademischen Grad haben. Sie sind wirklich intelligent.»

«Danke.»

«Sie brauchen das Geld, nehme ich an?»

Ich senkte den Blick auf den dicken Wiltonteppich und nickte.

«Auf Wiedersehen», sagte sie.

Sie stand an der Eingangstür, als ich sie verließ – schlank, elegant gekleidet und jung – na ja, verhältnismäßig jung.

Und, ja, ich sollte es zugeben, ungewöhnlich attraktiv.

Die Aufgaben, die mir zugewiesen wurden, konnten gerade eben in die neun Stunden gepreßt werden, die ich wöchentlich in *The Grange* verbrachte.

Aber 36 Pfund waren 36 Pfund.

Und das war ein *Bonus*.

Ahnen Sie, was ich sagen will? Noch nicht?

Sie werden es noch ahnen.

Zwei Teile des Hauses durfte ich nicht betreten: das Schlafzimmer des Hausherrn (vergessen Sie das Schlafzimmer nicht!) und das Arbeitszimmer des Hausherrn – letzteres offenbar ein großes umgebautes Schlafzimmer im oberen Stockwerk, dessen Tür stets fest geschlossen war.

Fest *ver*schlossen, wie ich bald herausfand.

Das Arbeitszimmer der Dame des Hauses war nicht mit einem solchen Embargo belegt – ein ziemlich neuer Anbau an die Rückseite des

Hauses, eigentlich ein halbes Gewächshaus, dessen Regale, Tischflächen und Fußboden mit Büchern vollgestellt und mit losen Papieren und Manuskripten übersät waren. Und Dutzende von Zimmerpflanzen kämpften um ein wenig Lebensraum.

Ich war jedesmal fasziniert von dem Zimmer, wenn ich vorsichtig (zu vorsichtig) die Pflanzen goß, die Bücher alphabetisch ordnete, aus unordentlichen Stapeln ordentliche machte, vorsichtig (zu vorsichtig) mit dem Hoover den Teppichboden absaugte und überall staubwischte.

Ich hantiere gern mit einem Staubtuch herum. Es ist einer der wenigen Jobs, wo man tatsächlich ein Ergebnis sehen kann.

Und ich sehe gern ein Ergebnis...

Nur eines stimmte nicht mit dem Zimmer.

Die Katze.

Ich verabscheue alle Katzen, besonders aber diese, einen Kater, der mich gelegentlich mit mysteriösen, wissenden, aristokratischen, potentiell grausamen Blicken musterte.

Wie seine Herrin.

Eine kleine Klappe, die sich in zwei Richtungen öffnen ließ, war in die Tür vom Gewächshaus in den Garten hinter dem Haus eingebaut worden, durch diese kam und ging ‹Boswell› (ha-ha!o), der häufig dreckverklebte Pfoten hatte. Aber Gott segne dich, Boswell!

Ich war überzeugt, daß Mrs. Spencer-Gilbey meinem einzigen Zeugnis nicht nachgegangen war, da sie mich von Anfang an ‹Virginia› nannte, ohne eine Spur von Argwohn.

Ich für meinen Teil nannte sie ‹Ma'am›, was sich auf ‹Jam› reimt. Es war fünf Silben kürzer als eine förmlichere Anrede, und ich glaube, der königliche Beiklang gefiel ihr irgendwie.

Früh am Morgen des Mittwochs in meiner dritten Woche hörte das dilettantische Geklapper der Schreibmaschine im Gewächshaus auf, und meine Arbeitgeberin kam ins untere Wohnzimmer, um mir mitzuteilen, daß sie für zwei Stunden weggehen müsse.

Der Zeitpunkt meines ersten kühnen Schachzugs war gekommen.

Ich nahm einen in Leder gebundenen Band aus dem Bücherregal neben mir und pustete eine kleine Staubwolke durch die goldene Hohlkehle am oberen Rand seiner Seiten.

«Soll ich die Bücher mit einem Staubtuch abwischen?»

Ein paar Sekunden lang glaubte ich einen fast an Haß grenzenden Ausdruck in ihren kalten grauen Augen zu sehen.

«Wenn Sie sie alle genauso wieder einräumen können, wie Sie sie vorgefunden haben.»

«Ich will's versuchen, Ma'am.»

«Versuchen Sie's nicht. *Tun* Sie es!»

Es würde ein harter Job werden.

Bücherregale bedeckten drei ganze Wände des Zimmers. Im Lauf des Vormittags machte ich eine Kaffeepause in der Küche.

Draußen im Garten sah ich den fettsteißigen Gelegenheitsarbeiter, der dann und wann auftauchte – gewöhnlich, wenn ich ging –, um ein paar Dinge zu reparieren, wie ich annahm.

Ich hielt meine Tasse ans Fenster und fragte ihn mit den Augen, ob er mir Gesellschaft leisten wolle.

Seine Augen antworteten ja, und ich sah, daß er jünger war, als ich gedacht hatte.

Auch besser aussehend.

Ich fragte ihn, wie gut er ihre Ladyship kenne, aber er zuckte nur mit den Schultern.

«Sie schreibt ein Buch, wußten Sie das?» fragte ich.

«Tatsächlich?»

Er nahm einen Schluck Kaffee, und ich

sah, daß seine Hände, obwohl schmutzig, nicht die eines Arbeiters waren.

«Über Sir Thomas Wyatt», fuhr ich fort. «Ich habe nachgesehen, als ich staubsaugte.»

«Tatsächlich?»

Sein Wortschatz schien recht begrenzt zu sein, aber er ließ seine Blicke ausgiebig über mich schweifen, und er lächelte merkwürdig faszinierend.

«Ich nehme an, Sie wissen nicht allzuviel über Sir Thomas Wyatt?»

Er zuckte wieder mit den Schultern. «Nicht viel. Aber wenn Sie mir mitteilen wollen, daß er 1542 gestorben ist, wäre das reine Zeitverschwendung, nicht?»

Großer Gott!

Er lächelte wieder, diesmal über meine Verlegenheit. Dann beugte er sich vor und küßte mich mitten auf den Mund.

«Nimmst du die Pille?»

«Das ist okay. Ich bin nämlich schwanger», erwiderte ich.

Hinterher wagten wir, gemeinsam eine Zigarette zu rauchen. Für mich war es die erste Zigarette seit sechs Monaten, und sie schmeckte abscheulich.

Blöd!

Sein Feuerzeug war leer, und ich benutzte eines der extralangen *Bryant & May*-Streichhölzer, die für verschiedene Zwecke in der Küche aufbewahrt wurden.

Für verschiedene Zwecke ...

Ich war fast mit der zweiten Bücherwand fertig, als Mylady zurückkam.

Gleich nachdem ich mich umdrehte, um zu zeigen, daß ich ihre Rückkehr zur Kenntnis genommen hatte, flatterte ein einzelner Bogen Papier auf den Boden.

Ich bückte mich rasch, um ihn aufzuheben, aber sie war sofort neben mir und riß mir das Blatt aus der Hand.

Es war nur ein kurzes Briefchen, und der Inhalt konnte beinahe mit einem Blick überflogen werden:

Darling J.

Bitte versuche, diese wenigen Zeilen zur Erinnerung an meine Liebe aufzubewahren.

Der Text war auf dünnem billigem Papier getippt; die Unterschrift, ‹Marie›, in hellblauer Kugelschreiberschrift geschrieben, mit einem verspielten Kreis über dem ‹i› anstatt des üblichen Pünktchens.

Aber Mrs. S.-G. sagte nichts, und eine halbe Stunde später war ich auf dem Nachhauseweg – so unauffällig wie immer.

Ich hatte niemanden wissen lassen, daß ich als Teilzeitjob eine Stelle als Putzfrau angenommen hatte, und ich achtete darauf, mich von so wenigen Leuten wie möglich sehen zu lassen.

Dafür gab es Gründe. Sie werden sehen.

Am folgenden Montag fragte ich Mrs. S.-G., ob ich meine Arbeitszeit etwas verändern und eine halbe Stunde früher anfangen könne.

«*Muß* das sein?» Mit ihrer Stimme drückte sie ihre Verachtung aus.

«Es ist nur, wenn ich den früheren Bus nehmen könnte...»

«Oh, um Himmels willen keine *Erklärungen*! Muß das sein? – das war alles, was ich gefragt habe.»

Ich sagte, es müsse sein, und wir kamen überein, daß ich in Zukunft um 8.30 Uhr beginnen würde.

Am Freitag derselben Woche kam der Postbote um 8.50 Uhr, und drei Briefe rutschten durch den Briefschlitz: eine Mitteilung von

British Telecom, ein Brief an Mrs. S.-G. mit dem Hinweis ‹Nur für die Empfängerin persönlich› und ein Brief für Mr. S.-G., Name und Adresse in hellblauer Kugelschreiberschrift, das ‹i› von Squitchey mit einem verspielten Kreis anstatt des üblichen Pünktchens.

Noch während ich die Briefe aufhob, wußte ich, daß meine Arbeitgeberin direkt hinter mir stand.

«Danke. Ich nehme sie.»

Ihr Ton war beleidigend schroff. Aber ich sagte nichts, sondern wischte weiter die Scheuerleiste in der Eingangshalle ab.

«Es tut mir leid», sagte ich (es war der folgende Mittwoch), «aber ich kann am Freitag nicht kommen.»

«Oh?»

«Ich muß zur Schwangerschaftsberatungsstelle...»

«Um Himmels willen keine Erklärungen! Ich dachte, ich hätte Ihnen das schon gesagt.»

«Das haben Sie, ja.»

Sie sagte nichts mehr.

Ich auch nicht.

Das Telefon in *The Grange* wurde selten

benutzt, aber an jenem Morgen hörte ich, daß Mrs. S.-G. vom Gewächshaus aus jemanden anrief.

Ich stand nahe bei der Tür und gab mir Mühe, etwas zu verstehen, aber das einzige, was ich verstand, war «Samstagabend» …

Mein Termin im Krankenhaus war um 10.30 Uhr, aber ein Notfall verzögerte die Vormittagstermine um etwa eine Stunde.

Während ich wartete, las ich ein paar Artikel in verschiedenen Magazinen, darunter ein Interview mit einem alten Gärtner, hundert Jahre alt, der behauptete, gegen Löwenzahn wirke nichts so gut wie Arsen, von dem er immer eine kleine Menge in seinem Schuppen aufbewahre.

War es zu diesem Zeitpunkt, daß ich begann, mit dem Gedanken zu spielen, Mrs. S.-G. loszuwerden? Zusammen mit dem Löwenzahn?

Vermutlich hatte ich mich schon mit den Problemen auseinandergesetzt, die ledige Mütter erwarten. Probleme, die so häufig von verheirateten Vätern verursacht werden.

Was mich jedoch mehr als alles andere erbittert, ist die ekelhafte Masche, die sie abziehen. Die alte Leier, daß sie niemanden verletzen wollen, daß sie vor allem die kleine *Ehefrau* nicht verletzen wollen.

Heuchler!

Am Donnerstag der folgenden Woche war ich es, die Briefe bekam. Zwei Stück.

Der erste war vom Krankenhaus. Mir gehe es großartig. Dem Baby gehe es großartig. Ich war beinahe glücklich.

Der zweite war vom Vater meines Kindes, in Los Angeles abgestempelt.

Hier ist der Absatz, den ich Ihnen gern zeigen möchte:

Hast du noch nie etwas von der Gleichberechtigung *und* der gleichen Verantwortlichkeit der Frau gehört, du törichtes Ding? Ja, natürlich gibt es Kondome. Und es gibt auch so etwas wie die *Pille*! Was hast du dir eigentlich dabei gedacht? Aber das ist alles Schnee von gestern. *Abtreibung* ist die *einzige* Antwort. Ich werde die Rechnung bezahlen, *unter der Bedingung*, daß wir unsere Beziehung ganz und gar abbrechen. So kann es nicht weitergehen. Ich werde am Sonnabend, dem 13., zur Lunchzeit in Heathrow landen; wir können uns also am nächsten Sonntag treffen. Sagen wir wie üblich – zwölf Uhr mittags im Hinterzimmer vom *Bird and Baby*. Sei bitte da – um unser beider willen.

Wie nett und gemütlich das werden würde!

Und ich würde da sein, vielleicht.

Ja, es bestand eine Chance, daß *ich* da sein würde.

Der folgende Tag, Freitag, sollte mein letzter Tag als Putzfrau sein, und am Morgen legte ich letzte Hand an meinen Plan.

Ursprünglich hatte ich vorgehabt, nur Mrs. S.-G. zu töten. Aber meine Richtlinien hatten sich jetzt erweitert.

Am selben Nachmittag handelte ich so sorglos, wie es sonst nicht meine Art war. Ich schrieb einen Brief an meine bisherige Arbeitgeberin:

Liebe Mrs. S.-G.,
ich war Ihnen dankbar, daß Sie mich eingestellt haben, aber ich werde nicht mehr für Sie arbeiten.

Meine Lebensumstände haben sich in den vergangenen wenigen Tagen entscheidend geändert.

Ich bin überzeugt, daß es nicht schwer für Sie sein wird, einen Ersatz zu finden.

Ihre Virginia

Es *wäre* ein Wie-du-mir-so-ich-Dir in dem Kündigungs-Entlassungs-Spielchen gewesen. Aber ich schickte den Brief an jenem Tag nicht ab.

Noch am nächsten.

Aber Mrs. S.-G. hatte offensichtlich einen größeren Vorrat an Briefmarken erster Klasse, und ihr Brief lag am nächsten Morgen, Sonnabend, dem 13., in der Diele auf der Matte, während meiner noch immer gegen die Kelloggsschachtel auf dem Küchentisch gelehnt stand.

Liebe Marie Lawson,
O ja, ich kenne Ihren richtigen Namen, und ich habe keinen Versuch unternommen, Ihrem unechten Zeugnis nachzugehen. Zuerst hielt ich Sie für recht intelligent und sagte Ihnen das auch. Aber in Wahrheit müssen Sie so töricht sein, wie Sie es von *mir* offenbar annehmen. Ich war neugierig, warum Sie sich beworben hatten, und es amüsierte mich, Ihnen den Job anzubieten. Darum beobachtete ich Sie. Und Sie dachten die ganze Zeit, daß Sie *mich* beobachteten. Sie müssen wissen, mein Mann hat mir alles über Ihre Affäre erzählt, wenn ich auch nicht wußte, daß Sie schwanger sind. Nebenbei bemerkt, ich

glaube auch nicht, daß Sie es sind. Die Scharade mit der Mitteilung und dem Brief war hübsch ausgeführt, doch wirklich völlig unnötig. Ich öffnete den Brief über Dampf, wie Sie es zweifellos von mir erwarteten (das muß ich jedenfalls annehmen) in Ihrem aussichtslosen Bemühen, die ganze Sache ans Licht zu bringen. Ich habe den Brief fotokopiert und Ihre pathetische Bitte nach Amerika weitergeleitet. Ich glaube, der wahre Grund für diesen Brief – außer Sie zu entlassen – ist es, Ihnen zu danken für die beiden Beweisstücke, die Sie mir lieferten. Wie mein Anwalt mir mitgeteilt hat, werden sie das Scheidungsverfahren, das ich gegen meinen Mann anstrengen werde, wesentlich beschleunigen. Danach erwarte ich, daß mein eigenes Leben einen glücklicheren Verlauf nimmt, und ich bin überzeugt, wenn ich später wieder heirate, werde ich mit meinem zweiten Mann glücklicher sein als mit dem Mann, der sich mit einem ganzen Heer von Huren vergnügte, ganz abgesehen von Ihnen.

V. Spencer-Gilbey

Töricht.

Beide hatten mich töricht genannt.

In der Nacht desselben Sonnabends – oder besser in den frühen Morgenstunden des Sonntags – wartete ich mit großer Geduld darauf, daß das Licht im Zimmer des Hausherrn (Sie erinnern sich?) ausgeschaltet wurde.

Wenn sie nicht im selben Bett waren, waren sie zumindest im selben Zimmer, denn ich hatte die beiden Gestalten mehrere Male als Silhouetten hinter den Vorhängen gesehen.

Dann wartete ich noch eine ganze Stunde, auf die Minute genau, bevor ich mich geräuschlos entlang der Seite des Hauses nach hinten begab und mich bei der Tür zum Gewächshaus hinunterbückte.

Guter alter Boswell (erinnern Sie sich an ihn?). Ich hoffte beinahe, daß er beschlossen hatte, in dieser Nacht draußen zu schlafen.

Ich zündete eines der extralangen *Bryant & May*-Streichhölzer an. (Sie erinnern sich?) Dann schirmte ich die Flamme ab und schob meine Hand langsam durch die Katzenklappe.

Durch die Glasscheiben der Tür konnte ich sehen, wie die losen Papierbögen (so sorgfältig aufgestapelt) fast sofort Feuer fingen.

Nicht mehr als zehn Sekunden später

hörte, besser gesagt spürte, ich das plötzliche Zischen eines mächtigen Aufwindes, als die Flamme boshaft nach den Gegenständen (so sorgfältig aufgestapelt) neben der Gewächshaustür züngelte.

Die Farbe des lodernden Feuers erinnerte mich sehr an Boswells Augen.

Ich entfernte mich rasch über den Weg durch den Vordergarten und drehte mich erst nach etwa fünfzig Metern die Straße hinunter um.

Das Fenster vom Zimmer des Hausherrn lag noch im Dunkeln. Aber die Rückseite des Hauses vermittelte den Eindruck, daß die rosenfingrige Morgenröte schon durchbrach, obwohl es erst 2.15 Uhr war.

Es machte große Schlagzeilen. In der Montagsausgabe der *Oxford Mail* zum Beispiel las ich:

> ZWEI TOTE IM INFERNO VON NORTH OXFORD
> Es erscheint unwahrscheinlich, daß das ausgebrannte Gerippe des unter Denkmalschutz stehenden strohgedeckten Fachwerkhauses in der Squitchey Lane (Bild auf S. 2) viele Hinweise auf die Ursache des

Feuers liefern wird. Die lodernden Flammen breiteten sich mit einer so großen Geschwindigkeit aus, daß …

Meine Blicke wanderten weiter zum nächsten Absatz:

Die Überreste von zwei Leichen, verkohlt bis zur Unkenntlichkeit, wurden in einem Schlafzimmer im ersten Stock gefunden, und es ist zu befürchten, daß es die Leichen von Mr. J. Spencer-Gilbey und seiner Ehefrau Valerie sind. Mr. Spencer-Gilbey war gerade von Amerika zurückgekehrt, wo er …

Aber das Wo interessierte mich eigentlich nicht.

Darum blätterte ich weiter, um mir das Bild auf Seite 2 anzusehen.

Es war mir letzten Endes nicht der Mühe wert erschienen, am Tag vorher im *Bird and Baby* aufzutauchen. Darum war ich nicht gegangen.

Sie werden das verstehen.

Das Feuer machte noch immer Schlagzeilen (größere) in der Dienstagabendausgabe der *Oxford Mail:*

FEUERSBRUNST IMMER GEHEIMNISVOLLER

Die Polizei von Oxford City war überrascht, als sie spät gestern abend einen Anruf von Heathrow erhielt. Der Anrufer war Mr. John Spencer-Gilbey, von dem man angenommen hatte, daß er zusammen mit seiner Ehefrau ums Leben gekommen war in dem Feuer, das in den frühen Stunden vom Sonntagmorgen ihr Haus in der Squitchey Lane in Oxford völlig zerstört hat.

Mr. Spencer-Gilbey war nach einer Vortragstour in Amerika am Sonnabend wieder in England erwartet worden.

Jetzt hat sich jedoch herausgestellt, daß wegen Arbeitskampfmaßnahmen der Fluglotsen an der Westküste Amerikas der ursprünglich vorgesehene Flug gestrichen worden war, und Mr. Spencer teilte der Polizei mit, daß er seine Frau angerufen habe, um sie zu informieren, daß seine Rückkehr nach England sich verzögere.

Ein Sprecher der Polizei teilte unserem Berichterstatter mit, daß mehrere Aspekte der Situation außerordentlich verwirrend seien und daß weitere Ermittlungen angestellt würden. Die Polizei bittet jeden, der spätabends am Sonnabend, dem 13., oder früh am Morgen am Sonntag, dem 14., in oder nahe der Squitchey Lane gewesen ist, sich zu melden, um die Polizei in diesen Ermittlungen zu unterstützen. Bitte rufen Sie (0865) 26 60 00 an.

«... daß er seine Frau angerufen habe ...» Ja. *Und er hatte auch mich angerufen.*

Zuerst war ich versucht, «mich zu melden» – telefonisch und anonym – mit einem vorsichtigen (ha!) Vorschlag zur Identität des zweiten Feueropfers.

Möge Gott seine lüsterne Seele verrotten lassen!

Aber ich werde nicht anrufen.

Einen Anruf jedoch werde ich ganz gewiß machen.

Wenn erst der Staub, wenn erst die Asche beginnt, sich zu setzen.

Sehen Sie, ich glaube, daß ein Treffen zwischen uns beiden möglicherweise doch einen gewissen Wert haben könnte. Meinen Sie nicht?

Und während ich noch schreibe, höre ich fast die Worte, die ich benutzen werde:

«John? Sonntag? Das Übliche? Zwölf Uhr

mittags im Hinterzimmer vom *Bird and Baby*? Sei bitte da!»

Ja, John, sei bitte da – um unser beider willen...

Teil drei

Sie fliehn vor mir, die manchmal nach mir suchten
Mit nacktem Fuß stolzierten in mein Zimmer
(Sir Thomas Wyatt, Remembrance)

An jenem Nachmittag kam Lewis kurz vor vier Uhr in Morses Büro.

«Nicht viel zu berichten, Sir. An der Pinnwand ist eine Karte – sieht aus, als könne sie von einem Freund stammen.»

«Ich habe sie gesehen.»

«Und dann ist da dies – ich schätze, daß es die gleiche Handschrift ist.»

Lewis reichte Morse eine Postkarte, die ein Kamel mit Schabracke vor einer Moschee in Taschkent zeigte. Auf der Rückseite las Morse die kurze Botschaft: ›Reisen c 250 K O‹.

«Worum geht es da, meinen Sie, Sir?»

Morse schüttelte den Kopf. «Keine Ahnung. Vermutlich die Nummer des Flugzeugs oder die Nummer des Fluges … oder irgendwas. Wo haben Sie die Karte überhaupt gefunden?»

«Es war ein Atlas da, und ich habe nach dem Ort gesucht – Sie wissen schon, Erzincan. Die Postkarte steckte dort. Wie eine Art Lesezeichen.»

«Oh.»

«Wollen Sie nicht wissen, wo Erzincan ist?»

«Nein. Ich habe es nachgeschlagen, als ich wieder hier war.»

«Oh.»

Mit einem Glitzern von Triumph in den Augen nahm Morse jetzt den rosa Ordner mit der Geschichte von Sheila Poster und erklärte rasch, wie er an den Ordner gekommen war.

«Ich möchte, daß Sie die Geschichte lesen.»

«Was, *jetzt*, Sir?»

«Denken Sie, ich meinte in Ihrem Sommerurlaub?»

«Ich lese langsam, das wissen Sie.»

«Das tue ich auch.»

«Sie wollen, daß ich sie *hier* lese?»

«Nein. Ich muß hier mit einigen Dingen weitermachen. Gehen Sie einen Sandwich essen. Und lassen Sie sich Zeit. Sind genug Hinweise drin, um ein Kreuzworträtsel auszufüllen.»

Nachdem Lewis gegangen war, warf Morse einen Blick auf seine Uhr und begann mit dem Kreuzworträtsel der *Times*.

Als er, elf Minuten später, die sechs leeren Kästchen in -E-S-I- ausfüllte, wußte er, daß er den letzten Hinweis schneller hätte lösen müssen: ‹Ein schlecht gebautes Haus beginnt bei einer Umwälzung solcher Art zusammenzubrechen (9).›

Aber nicht schlecht.

Eine weitere Stunde verging, bevor Lewis aus der Kantine zurückkehrte und sich gegenüber seinem Chef hinsetzte.

«'ne Menge Hinweise, Sie haben recht, Sir. Hat sich wahrscheinlich aber alles ausgedacht, oder?»

«Nicht *alles*, keineswegs – nicht gemäß Diogenes Small.»

«Gemäß wessen?»

«Gemäß *wem*, Lewis, bitte.»

«Tut mir leid, Sir. Aber ich mache Fortschritte in der Rechtschreibung. *Einen* Fehler hat sie selbst gemacht, nicht?»

«Fangen jetzt nicht *Sie* an, sich etwas auszudenken!» Morse schob eine handgeschriebene Liste über den Schreibtisch. «Sie schnappen sich Dixon und Palmer – und wir können diese paar Kleinigkeiten im Handumdrehen erledigen.»

Lewis nickte. «Haben den Fall im Griff, bevor die Pubs schließen.»

Zum erstenmal an diesem Tag glitt ein echtes Lächeln über Morses Gesicht. «Und das sind nur die naheliegenden Hinweise. Sie sind wahrscheinlich auf viele andere gestoßen, die *mir* entgangen sind.»

«*Vorübergehend* entgangen», murmelte Lewis und beugte sich über Morses Notizen:

– Namen (Straße, Haus, Personen): Alle erfunden, höchstwahrscheinlich?
– Zeitung: Dieselbe Anzeige, die Sie gefunden haben? Überprüfen.
– Mr. X (potentieller Vater): Doch sicher ein Akademiker? Vortragsreise durch die USA?
– Boswell? Besitzer dieser seltsamen Züchtung mit orangefarbenen Augen? Im Katzenverein nachfragen.
– Verlage (OUP etc.): In letzter Zeit etwas über Sir T. W. in Auftrag gegeben?

– Schwangerschaftsberatungsstelle: Überprüfen, besonders das JR 2.
– *Bird and Baby*: Überprüfen, mit Foto.

«Wir sollten *irgend etwas* herausfinden, da stimme ich Ihnen zu, Sir. Aber es wird ziemlich lange dauern.»

«Meinen Sie?»

«Na ja, zum Beispiel, *gibt* es so was wie einen Katzenverein?»

«Das ist es ja, was Sie überprüfen sollen, Lewis!»

«Aber es sind sieben Punkte.»

«Sechs!» Morse erhob sich aus seinem Armstuhl und lächelte wieder fröhlich. «Den letzten Punkt werde ich selbst übernehmen.»

«Aber wo kriegen Sie ein Foto her?»

«Gute Frage», räumte Morse ein und gab in Gedanken zu, daß es gelegentlich durchaus akzeptabel sei, einen Satz mit einem Adverb zu beenden.

Um 22.15 Uhr rief Lewis Morses Privatnummer an, aber es ging niemand ans Telefon. War sein Vorgesetzter noch immer in Anspruch genommen von seiner selbstauferlegten Aufgabe – mit oder ohne Foto?

Tatsächlich saß Morse in diesem Augenblick im Mordzimmer im Haus Jowett Place 14.

Sein Erinnerungsvermögen hatte ihn schon vorher darauf hingewiesen, daß er dort etwas *übersehen* hatte, und um 20.15 Uhr betrat er das Gebäude wieder und versicherte dem Polizisten, der die Eingangstür bewachte, daß er nicht allzu lange bleiben werde.

Aber es klingelte nichts bei ihm in dem traurigen Zimmer, und Morse, der zuviel Bier getrunken hatte, setzte sich in den einzigen Armstuhl und schlief ein. Als er eine halbe Stunde nach Mitternacht erwachte, fühlte er sich erbärmlich.

Am nächsten Morgen berichtete Lewis von seinen Mißerfolgen, Dixons Mißerfolgen und Palmers Mißerfolgen, und Morse berichtete von seinen eigenen Mißerfolgen.

«Wissen Sie, die Geschichte mit dem *Haus*», sagte ein recht gedämpft wirkender Lewis schließlich. «Ihre Angaben sind sehr präzise, nicht? Unter Denkmalschutz stehendes Gebäude, Strohdach, Fachwerk, Gewächshaus an der Rückseite – könnten wir es nicht beim Stadtrat versuchen oder bei einigen der anspruchsvolleren Immobilienmakler...?»

«Wäre vermutlich Zeitverschwendung.»

«Meinen Sie, Sir? Was tun wir also als nächstes?»

«Vielleicht sollten wir den Fall von ... äh ... der Motivation her aufziehen?»

«Hört sich nicht wie *Sie* an, Sir.»

Nein, es war ihm nicht sehr ähnlich – das wußte Morse. Er hatte es gern mit saftigen Fakten zu tun und sich nie viel daraus gemacht, zu tief in die Abgründe menschlichen Bewußtseins zu schauen. Aber jetzt schien die einzige Alternative zu sein, *irgendein* psychologisches Gerüst um Sheila Posters Hoffnungen und Ängste, ihre Motive und Irrtümer zu errichten ... Und erst dann noch einmal durch jedes der Fenster zu blicken, noch einmal zu fragen, was die ermordete Frau in der Geschichte, die sie geschrieben hatte, versuchte, jedermann – auch sich selbst – mitzuteilen.

Morse versuchte seine noch unvollständigen Gedanken in Worte zu fassen, während Sergeant Lewis ihm gegenübersaß und zuhörte. Voller Zweifel.

«Nehmen wir einmal an, sie hatte einen ziemlich festen Job – wir wissen, daß sie das hatte –, aber sie verlor den Arbeitsplatz – sie hat kaum noch Geld – alles, was sie besitzt, ist ein bißchen billig – sie lernt einen Mann kennen – fällt auf ihn rein – er ist verheiratet –, aber er verspricht, mit ihr in das Land zu gehen, wo die Zitronen blühn – sie glaubt ihm – wird in ihrer Sorglosigkeit schwanger – findet zufällig eine Anzeige, die seine *Frau* im örtlichen Käseblatt aufgegeben hat – sie beginnt, dort zu arbeiten – ist neugierig auf die Frau – eifersüchtig auf sie – sie möchte die ganze Situation an die Öffentlichkeit bringen – die Sache geht jedoch schief – der Liebhaber hat sich die Sache überlegt – gibt ihr den Laufpaß – seine Frau setzt sie auch noch an die Luft – und bald hegt unser Mädchen einen Haß auf *beide* – sie möchte beide *vernichten* – aber sie kann sich nicht dazu entschließen, den Vater ihres Kindes zu vernichten – darum verändert sie in ihrer Geschichte die Dinge ein wenig – läßt die Ehefrau mit einem eigenen Liebhaber ins Bett gehen – weil dann *ihr*, Sheilas, Liebhaber noch da sein wird, leben wird – so daß es immer die Möglichkeit gibt, ihn zurückzuerobern – aber sie langweilt ihn – vielleicht ist ein höheres akademisches Amt in Sicht – er möchte sie für immer loswerden – ist bereit, wieder den treuen Ehemann zu spielen – aber Sheila spurt nicht – droht, ihn öffentlich bloßzustellen – und als er sich mit ihr trifft, wird sie hysterisch – er sieht rot – sieht alle Farben des Regenbogens – Orange eingeschlossen, Lewis –, weil er weiß, daß sie alles verderben *kann* – alles verderben *wird* – und dann ersticht er sie.»

«*Wer* ersticht sie?» fragte Lewis leise.

Morse schüttelte den Kopf. «Ich habe nicht die leiseste Ahnung. Aber eins weiß ich. Ich weiß, daß ich etwas *übersehen* habe.»

Für einige Sekunden war der Ausdruck in Morses Gesicht fast aggressiv – wie bei Boswell in der Geschichte –, und Lewis zögerte, ihn um einen Gefallen zu bitten.

Aber seine Frau hatte darauf bestanden.

«Ich hoffe, Sie haben nichts dagegen, Sir, aber wenn ich heute mittag zwei bis drei Stunden freinehmen könnte? Die Frau ...»

Morse zog die Augenbrauen hoch. «Weiß sie nicht, daß Sie mitten in den Ermittlungen in einem Mordfall stecken? Was sollen Sie tun? Ihr einen Beutel Kartoffeln mitbringen?»

Lewis zögerte: «Es ist nur, na ja, da ist ein langer großer Riß, der über Nacht in der Küchenwand aufgetaucht ist, und die Frau sorgt sich zu Tode, wenn wir nicht...»

«Eine Erdsenkung, meinen Sie?»

«Eher ein Erdbeben, Sir.»

Mehrere Sekunden lang saß Morse völlig bewegungslos in seinem Sessel, versteinert wie beim Anblick des Gorgonenhaupts. Und dieselbe Zeit lang fragte Lewis sich, ob sein Chef eine Art von Gesichtslähmung erlitten habe.

Dann öffneten sich Morses Lippen in einem glückseligen Lächeln. «Lewis, alter Freund, Sie haben es wieder geschafft. Sie-haben-es-wieder-einmal-geschafft! Ich glaube, ich verstehe es. Ja, ich glaube, ich verstehe jetzt *alles!*»

Lewis, glücklich, aber verwirrt, lehnte sich zurück, um mehr über die Art seiner unbeabsichtigten Heldentat zu erfahren, aber jede Aufklärung würde noch warten müssen, soviel war klar.

«Enttäuschen Sie Ihre bessere Hälfte nicht!» sagte Morse strahlend. «Sie ist eine unter Millionen, vergessen Sie das nicht! Machen Sie sich auf den Weg, und lösen Sie das Problem bei der Baubehörde oder einer anderen ...»

«Oder beim Abbruchunternehmer.»

«... und seien Sie» (Morse sah auf seine Uhr) «um, sagen wir, 14 Uhr wieder da.»

«Sind Sie sicher ...»

«Absolut. Ich habe hier ein paar wichtige Dinge zu erledigen. Und, äh, sagen Sie Dixon doch, er möchte hereinkommen. Und Palmer ebenfalls, wenn er da ist.»

Lewis' Euphorie schwand schnell dahin, aber er hatte keine Gelegenheit zu protestieren; Morse hatte schon eine Nummer gewählt und fragte, ob er mit der Atlas-Abteilung der Oxford University Press verbunden sei.

Sergeant Lewis kehrte kurz vor 14 Uhr ins Präsidium in Kidlington zurück, fast drei Stunden später, nachdem ihm endlich einigermaßen überzeugend versichert worden war, daß die Gefahr eines unmittelbar bevorstehenden Zusammenbruchs des Lewis-Wohnsitzes äußerst gering sei. Und zumindest Mrs. Lewis war jetzt etwas beruhigter.

Es wurde Lewis bald klar, daß während seiner Abwesenheit jemand – der doughnutsüchtige Dixon? Palmer mit dem Spatzengehirn? – wieder am Jowett Place gewesen war, und Morse selbst (was sonst hatte er noch angestellt?) saß jetzt schnurrend wie ein mit Sahne vollgestopfter Kater und musterte das

Beweismaterial vor ihm auf dem Schreibtisch, bereit, so schien es, Führer auf dem Weg wahrer Erleuchtung zu sein.

«Hinweis Nummer eins.» Morse schlug das Meisterwerk von Diogenes Small auf und betrachtete liebevoll das Lesezeichen: ‹Grüße aus Erzincan›. «Okay, Lewis?»

«Hinweis Nummer zwei.» Er hielt die Postkarte aus Taschkent hoch, drehte sie um und las die kurze Mitteilung noch einmal vor: «‹Reisen c 250 K O›. Wir waren nicht besonders clever, oder? Es bedeutet genau das, was es sagt: Reisen circa 250 Kilometer nach Osten, östlich von Taschkent, wo wir, Lewis, das Susamyr Valley in Kirgisien finden.

Hinweis Nummer drei. Der liebe alte Tutty, noch eine Postkarte, noch eine Mitteilung, mit ziemlicher Sicherheit in derselben Handschrift: ‹Kairo ist verdammt heiß, aber ich wünschte, du wärest hier.› Erinnern Sie sich? Unterschrieben ‹B›.»

«Hinweis Nummer vier.» Morse nahm die Karte mit dem Vers aus den ‹Letzten Gedichten› auf. «Zeilen aus einem Liebesgedicht, Lewis – ‹Mit dem Meer zwischen den Zwei'n› –, geschrieben in Los Angeles, dem Ort, an den der Brief von Mrs. S.-G. in der

Geschichte umadressiert worden war. Erinnern Sie sich? Und wir wissen, *warum* er an all diesen Orten war, nicht wahr?»

Lewis wußte es nicht, aber er nickte.

Warum nicht?

«Dann gab es den Hinweis Nummer fünf – einen Riesenhinweis, den *Sie* sofort fanden: die Tatsache, daß Sheila Poster in der *geologischen* Abteilung der Universität hier gearbeitet hatte. Oh, wie blind ich war!

Dann gab es den Hinweis Nummer sechs ... aus dem Kreuzworträtsel in der *Times* von gestern ... Nun, vielleicht war das nur ein Zufall.

Und um das Ganze zu krönen, erzählen Sie mir von den mächtigen Rissen in der Wand in Ihrem Schlafzimmer...»

«*Riß* nur *ein* Riß, Sir –, und der war in der *Küche*.»

Morse wedelte mit der Hand, als tue er derartig belanglose Ungenauigkeiten als unwesentlich ab. «*Und*, Lewis, die Daten stimmen alle überein – *alle*: in jedem Fall etwa zehn bis vierzehn Tage nach den Ereignissen –, ich habe das mit einem wunderschönen Mädchen namens Eunice Gill in der kartographischen Abteilung der OUP überprüft.»

(Was hatte Morse eigentlich *nicht* getan, begann Lewis sich zu fragen.)

«Und sie hat mir dies hier gefaxt», fuhr Morse fort.

Lewis nahm den Bogen und las eine kurze Zeitungsnotiz, datiert vom 28.11.1992:

ERDBEBEN-GIPFEL

Als Folge der schweren Beben, die vor kurzem Los Angeles erschütterten, werden sich Anfang des neuen Jahres Seismologen aus der ganzen Welt, auch aus dem UK, in Sacramento treffen, um über Verbesserungen im System der Vorhersage von möglichen Katastrophen zu diskutieren. Es hat bisher auf diesem Gebiet keine Konferenz ähnlicher Größenordnung gegeben, und die voraussichtliche Dauer von sechs Wochen zeigt die Dringlichkeit, die diesem kosmischen Problem beigemessen wird.

Lewis hatte natürlich viel zu lange gebraucht, aber jetzt begriff er allmählich. Und schließlich äußerte er sich:

«Was wir also brauchen, ist eine Liste der Delegierten dieser Konferenz. Sollte nicht ...»

Aber weiter kam er nicht, denn Morse reichte ihm ein Blatt, auf dem die Mitglieder der UK-Delegation aufgelistet waren.

«Guter Mann – Sergeant Dixon – wissen Sie», sagte Morse.

Lewis ignorierte das Lob. «Ist aber keiner mit der Initiale ‹B› dabei.»

«Warum versuchen Sie's nicht mal mit dem ‹R›?» schlug Morse vor.

Lewis versuchte es also mit dem ‹R›, und sein Blick blieb an dem mittleren der fünf Namen hängen: Robert Grainger, Dr. phil., MA.

«Dann brauchen wir nur noch seine Adresse ausfindig zu machen ...»

«Cumnor Hill, Lewis. Nicht sehr weit, nicht wahr? Palmer hat ihn aufgespürt. Guter Mann – Palmer –, wissen Sie.»

Teil vier

Weiß auf einem Thron oder beschützt in einer Höhle
Gibt es einen Propheten, der verstehen kann
Warum Menschen geboren wurden

James Elroy Flecker,
The Golden Journey to Samarkand)

«Warum, denken Sie, hat er es getan?» fragte Lewis, während sie durch die Botley Road fuhren.

«Graingers mögliche Motive, meinen Sie? Na ja, er war Spitzenkandidat für den Lehrstuhl für Geologie – wie Sie gerade selbst festgestellt haben. Große Ehre, wissen Sie, eine Professur in Oxford. Höchster Rang überhaupt. Für manche Leute.»

Lewis nickte; er stand jetzt mehr oder weniger und nahm selbst den Faden auf: «Und Sheila Poster war dabei, es alles kaputtzumachen. Gerade als er sein Erstgeburtsrecht geltend machen will, steht er plötzlich vor der Aussicht auf Skandal und Scheitern und Ehescheidung ... und vor dem Alptraum von einem brüllenden Baby dazu.»

Morse ließ ungewöhnlich lange auf eine Antwort warten, während sie begannen, den

Cumnor Hill hinaufzuklettern. «Über die beiden letzten Dinge weiß ich nichts, Lewis.»

Sie gingen über den mit Platten belegten Weg, der den gepflegten Rasen – unkrautfrei sogar im Winter – in zwei Teile zerschnitt, und klopften an die Eingangstür. Sie wurde sofort geöffnet, von einem vorzeitig ergrauten Mann von schlankem Wuchs, etwa Ende Vierzig, der sie über die Gläser seiner Halbbrille hinweg anblickte.

«Sie sind von der Polizei, nehme ich an?»

Morse zeigte seinen Ausweis. «Dr. Grainger?»

Ein paar Sekunden lang zögerte der Mann. Dann trat er zurück und bat seine Besucher in ein gut ausgestattetes Wohnzimmer, in dem drei der Wände bis zur Decke mit Büchern vollgestellt waren.

«Ja. Ich denke, wir bringen es besser hinter uns.»

Er sprach ziemlich langsam und ohne Erregung – jedenfalls zunächst. Ja, er wisse, daß Sheila Poster ermordet worden sei. Er habe es in der *Oxford Mail* gelesen. Ja, er habe eine Affäre mit ihr gehabt; sie habe ihn unter Druck gesetzt, er solle seine Frau verlassen und mit ihr zusammenleben; sie habe ihm gesagt, daß sie schwanger sei – aber er habe das bezweifelt. Seine Frau kenne jetzt fast die ganze Wahrheit, war aber nur in die Sache verwickelt worden, weil Sheila es irgendwie fertiggebracht habe, hier im Haus einen Job als Putzfrau zu bekommen, und dann versucht hatte, die ehelichen Beziehungen zu vergiften – den kläglichen Rest, der noch übrig war davon…

An dieser Stelle beschloß der (offenbar zu Morses milder Erheiterung) bisher übersehene Lewis, sich in Szene zu setzen. «Es wird Sache von *Mrs.* Grainger sein, uns über ihre Sicht der Dinge zu informieren, Sir. Sie selbst waren nicht hier, nicht wahr, als Miss Poster für Ihre Ehefrau arbeitete?»

Grainger, der ausschließlich Morse angesprochen hatte, wandte seine Blicke jetzt Lewis zu.

«Wollen Sie damit sagen, daß Sie nicht bereit sind, *meinen* Worten über das, was meine Frau mir berichtet hat, zu glauben?»

«Wir sind nicht hier, um Fragen zu beantworten, Dr. Grainger, wir sind hier, um sie zu stellen», bellte Lewis.

Verärgert wandte Grainger sich wieder an Morse. «Ist es nötig, diesen Mann dabeizuhaben, Inspektor? Ich bin es nicht gewohnt, daß man in diesem Ton mit mir spricht; ich finde es absolut überflüssig und beleidigend!»

«Dies ist eine Ermittlung in einem *Mord*fall, Sir», begann Morse ziemlich lahm. «Sie müssen verstehen...»

«Aber ich verstehe ja. Und ich sage Ihnen, Sie verschwenden Ihre Zeit, wenn Sie erwarten, in *diesem* Haus Mörder zu finden.»

«Wo waren Sie Sonntag abend?» fragte Morse ruhig.

«Das kann ich Ihnen sagen. Ich war in Amerika, da war ich.»

«Und Sie können das beweisen?»

Grainger erhob sich und ging, gefolgt voll Lewis, zu einem Sekretär, auf dem, neben einem gerahmten Hochzeitsfoto, ein Umschlag mit Reiseunterlagen (wie sich herausstellte) lag. Er reichte Morse den Umschlag.

«Wie Sie feststellen werden, bin ich erst gestern nachmittag zurückgekommen, Montag. Das Flugzeug, ob Sie es glauben oder nicht, landete pünktlich um 16.15 Uhr. Ich erwischte den Heathrow Bus kurz nach 17 Uhr und war etwa 18.45 Uhr in Oxford.»

«Es wird sicher nicht schwer sein, das zu überprüfen», sagte Lewis und lächelte gelassen, und jetzt war es Morse, der seinen Sergeanten ansah, eher bewundernd als verärgert. Doch er schwieg und hörte nur zu, als Grainger Lewis noch einmal anknurrte; die Feindseligkeit zwischen den beiden Männern war jetzt fast physisch greifbar.

«O ja. Es wird kaum eines Mannes Ihres Kalibers bedürfen, um *das* zu überprüfen. Und es wird auch kein großes Problem sein, meine Frau zu überprüfen. Aber ich sage Ihnen etwas, Sergeant. *Sie* werden es nicht sein, der mit ihr spricht. Ist das klar? Die ganze Geschichte hat sie sehr durcheinandergebracht, und Sie verstehen, warum – oder? Sheila hat bis vor vierzehn Tagen oder so für sie *gearbeitet*. Ist das klar? Sie mögen im Umgang mit Mord etwas abgestumpft sein, Sergeant – aber andere Leute sind es nicht. Meine Frau hat ein Beruhigungsmittel genommen und wird mit *niemandem* sprechen, heute nicht. Und mit Ihnen wird sie sowieso nicht sprechen! Der Inspektor hört sich recht menschlich und zivilisiert an – und vielleicht gibt es bei der Polizei noch ein paar mehr wie ihn. Jeder von *ihnen* kann mit meiner Frau sprechen. Klar? Aber *Sie* werden es nicht sein, Sergeant. Warum? *Weil ich es sage.*»

Puh!

Morse hielt jetzt den Zeitpunkt für gekommen, zwischen den streitenden Parteien zu intervenieren. «Das ist sehr freundlich, Sir. Seien Sie unbesorgt. Ich selbst werde Ihre Frau befragen. Aber ... aber es wäre eine Hilfe für uns, wenn Sie zufällig wüßten, wo Mrs. Grainger am Sonntagabend war.»

«Sie war mit einer ihrer Freundinnen auf irgendeiner Galaveranstaltung in London. Soviel ich weiß, verpaßten die beiden den 23.20 ab Paddington und mußten den 0.20 nehmen – den ‹Milchwagen›, so wird er, glaube ich, genannt – und kamen gegen 2 Uhr in Oxford an. Vom Bahnhof nach Hause nahmen sie sich ein Taxi. Mehr weiß ich nicht.»

«Haben Sie die Telefonnummer dieser Freundin?»

«Die werden Sie nicht brauchen. Sie wohnt nebenan.»

Grainger zeigte vage nach rechts, und Morse nickte Lewis wortlos zu.

Lewis machte sich auf den Weg.

Morse saß schon im Jaguar, als Lewis sich zehn Minuten später zu ihm gesellte.

«Er hat recht, Sir. Sie sind Montag morgen gegen halb drei wieder hier in Cumnor gewesen.»

Morse zeigte sich nicht beeindruckt; er hatte eine Bestätigung von Mrs. Graingers Alibi erwartet.

Er begann zu erklären.

«Sehen Sie, Lewis, es ist nicht der Wer-hat-es-getan-Aspekt, der bei diesem besonderen Fall wirklich wichtig ist – sondern das *Warum*-hat-er-es-Getan? Warum wurde Sheila Poster ermordet? Sicherlich muß sie für irgendwen eine Bedrohung gewesen sein, für einen Mann oder für eine Frau. Und ich denke, eher für einen Mann. Sie muß den Hoffnungen und dem erwarteten Aufstieg eines Mannes im Weg gestanden haben. Und die Bedrohung muß so groß gewesen sein, daß sie, als sie sich bei einer Auseinandersetzung zwischen ihnen weigerte, einen Kompromiß einzugehen, wegen ebendieser Weigerung ermordet wurde. So hatten wir keine andere Wahl, als das Pferd beim Schwanz aufzuzäumen – einverstanden? Und wir kannten *ihre* Seite der Sache bis zu einem gewissen Grad aus der Geschichte, die sie geschrieben hat. Einige Dinge in dieser Geschichte entsprachen der Wirklichkeit ziemlich genau, nicht wahr? Das Haus der Graingers – ‹The Grange›, bitte! –, ihr Job dort, ihre Affäre mit dem Ehemann, ihr überwältigender Wunsch, mit der Ehefrau eine Entscheidung zu erzwingen ...»

«Vergessen Sie das Baby nicht, Sir!»

«Nein, ich vergesse das Baby nicht. Aber Grainger schien ihr das nicht abzunehmen, oder?»

«Aber sie *war* schwanger.»

«Ja, sie sagte die Wahrheit über ihre Schwangerschaft. Tatsächlich sagte sie vielleicht mehr Wahres, als zuzugeben sie bereit war – sogar sich selbst gegenüber. Stellen wir einen hypothetischen Fall auf. Angenommen, sie wollte gar nicht das Ehepaar ermorden, das sie, wie sie sich vormachte, haßte? Angenommen – in ihrer Geschichte –, sie wollte genau die Leute ermorden, die sie tatsächlich ermordete: die Dame des Hauses und *den Liebhaber* dieser Dame? Angenommen, diese beiden hatten sich heftig ineinander verliebt? Angenommen – wieder wie in ihrer Geschichte –, die Dame des Hauses war überglücklich, von der Untreue ihres Ehemanns zu erfahren? Weil sie sich dann scheiden lassen konnte und ihren neuen Liebhaber heiraten ... den Mann, der bei den Blumenbeeten stand und sich um den Rasen kümmerte ...»

«Den Mann, der auf eine Tasse Kaffee ins Haus kam, Sir.»

«Vielleicht. Aber vergessen Sie nicht, daß sie uns in der Geschichte nicht einfach eine Reihe von *Tatsachen* mitteilte; eine ganze Menge erfand sie auch, während sie schrieb.»

«Tatsächlich, Sir?»

Lewis, wie Morse in der Abenddämmerung gerade noch feststellen konnte, lächelte still vor sich hin.

«Was zum Teufel ist in Sie gefahren, Lewis? Sie bringen einen Hauptzeugen gegen sich auf; Sie marschieren davon und besorgen ein hieb- und stichfestes Alibi für sein Eheweib, und jetzt sitzen Sie da und grinsen wie eine Katze, die den Sahnetopf geleert hat ...»

«Nebenbei bemerkt, Sir, sie *haben* eine Katze – ich habe nebenan gefragt. Sie heißt ‹Johnson›.»

«Sonst haben Sie mir nichts zu berichten, oder?» fragte Morse und musterte seinen Sergeanten nachdenklich.

«Tatsächlich gibt es da was, Sir – ja.»

«Raus damit, Mann!»

«Gestern, Sir, als wir Paul Bayley vernahmen, sagte er, er habe die ganze Nacht mit seiner Freundin verbracht.»

«Das haben Sie mir gesagt. Sie sagten, Sie hätten das überprüft.»

«Ich habe es überprüft. Bayley sagte, sie sei

ausgerechnet an dem Tag umgezogen – offenbar war sie für den Geschmack ihres Vermieters zu großzügig mit Herrenbesuchen umgegangen und – nur vorübergehend, wohlgemerkt – ohne festen Wohnsitz. Aber Bayley sagte, sie wäre höchstwahrscheinlich in der City Centre Westgate Library – wo sie fast jeden Vormittag hingehe –, in der Abteilung für lokale Geschichte…»

«Wo sie auch war!»

Lewis nickte. «Sie stelle Nachforschungen über Nuneham Courtenay und das Verlassene Dorf an. Sagte sie.»

«Und?»

«Und… das wär's in etwa.»

«Tatsächlich?»

«Sie ist eine sehr schöne Frau, Sir.»

«Schöner als Sheila Poster?»

«Würde ich sagen. Mehr mein Geschmack jedenfalls.»

«Und sie würde den meisten Männern gefallen?»

«Wenn sie die Chance hätten.»

«Und Bayley hatte die Chance.»

«Ich bin mir ziemlich sicher. Er wohnt jetzt etwa vier Monate am Jowett Place. Anfangs arbeitslos, doch dann hatte er Arbeit – sagt sein Vermieter.»

«Sein Vermieter? Wann haben Sie mit *ihm* gesprochen?»

«Er kam gestern zur Mittagszeit vorbei, als Sie im Pub waren. Und aus dem, was er sagte...»

«Das haben Sie bisher nicht erwähnt.»

«Ich dachte, ich würde ein bißchen auf eigene Faust ermitteln, Sir. Sie haben nichts dagegen?»

«Versuchen, selbst den Fall zu lösen, meinen Sie?»

«Versuchen, ja. Und der Vermieter sagte, es sei Sheila Poster gewesen, die Bayley von der leerstehenden Wohnung über ihr erzählt und ein gutes Wort für ihn eingelegt habe – ein gutes Leumundszeugnis über ihn abgegeben habe. Aber nicht nur das. Ich schätze, sie war es, die Bayley von dem Job als Gelegenheitsarbeiter erzählte, der im Haus der Grainger zu vergeben sei.»

Morse pfiff leise vor sich hin. «Sie behaupten, *Bayley* war der Gelegenheitsarbeiter?»

«Genau das behaupte ich, Sir!»

«Sind Sie da ganz sicher?»

«Noch nicht», erwiderte Lewis mit strahlendem Gesicht.

«Daß wir da ganz klar sehen. Sie behaupten, daß Bayley für Mrs. Sylvia Grainger arbeitet, sie verknallt sich in *ihn*, er verknallt sich in *sie*, sie weiß, daß ihr Ehemann eine Affäre mit der *Putzfrau* hat, sie hat Beweise dafür. Dann» (Morse machte eine kurze Pause um des Effektes willen), «gerade als alles in Butter zu sein scheint, behauptet diese Putzfrau, sie sei schwanger. Doch nicht von Grainger…»

«… sondern von *Bayley*. Ja, Sir.»

«Und Bayley geht Sonntag nacht hinunter – will sich mit ihr aussprechen, sie lehnt es ab – und schafft es, ermordet zu werden. Ist das Ihre Vorstellung?»

«Genau!»

«Aber Bayley hat ein Alibi! Diese Lokalgeschichte-Frau, sie hat Ihnen gesagt, daß sie die ganze Nacht mit ihm verbracht hat.»

«Von 21 Uhr abends bis 7 Uhr morgens. Stimmt. Schliefen zusammen auf dem Fußboden im Haus von Freunden irgendwo in Cowley – sie weigert sich zu sagen, wo genau.»

«Wahrscheinlich will sie ihre Freunde da raushalten oder so etwas.»

«Oder so etwas», wiederholte Lewis.

«Vergessen Sie bitte die wenig schmeichelhaften Kommentare zu ‹Geständnissen unter Zwang› nicht, die wir erhalten. Okay? Wir müssen vorsichtig zu Werke gehen, das wissen Sie.»

Es war erst 16 Uhr, doch der Nachmittag hatte sich bereits in eine frühe Abenddämmerung verwandelt.

«Können Sie sich vorstellen, Sir, warum Dr. Grainger so dagegen war, daß *ich* seine Frau vernahm?»

«Wahrscheinlich hielt er Sie für etwas ungehobelt, Lewis – zog eine empfindsame Seele wie mich vor. Vergessen Sie nicht, daß es nur wenige bei der Polizei gibt, die bei solchen Dingen kompetenter als ich sind.»

«Einen anderen Grund können Sie sich nicht vorstellen?»

«Sie können es offensichtlich.»

Lewis genoß seinen Augenblick des Triumphs. «Haben Sie eben das Hochzeitsfoto gesehen – auf Dr. Graingers Sekretär?»

«Nun ja – von weitem.»

«Eine schöne Frau, Mrs. Grainger – *sehr* schön.»

«Das Foto ist schon vor etlichen Jahren gemacht worden – inzwischen hat sie sich wahrscheinlich verändert.»

«Nein! Da liegen Sie falsch, Sir.»

«Woher wissen *Sie* das?»

«Weil ich sie vor kurzem gesehen habe.

Gestern morgen, um genau zu sein. In der Westgate Library. Sie sagte mir, daß sie Wendy Allsworth sei. Aber das stimmt nicht, Sir. Sie heißt *Sylvia Grainger.*»

«Merkwürdig!» sagte Morse mit seltsam ausdrucksloser Stimme.

«Besonders überrascht hören Sie sich nicht an.»

«Sagen Sie mir nur eines. Als Sie die Aussage von ... von Mrs. Grainger aufnahmen – glauben Sie, daß sie da von dem Mord wußte?»

«Nein, das glaube ich nicht.»

«*Sie* haben es ihr nicht gesagt?»

«Nein. Wenn sie also nicht alles geplant hatten ...»

«Sehr unwahrscheinlich!» warf Morse ein.

«... muß Bayley sie früh an dem Morgen angerufen haben.»

«Glauben Sie, daß *er* es ihr gesagt hat?»

«Nein. Wenn sie gewußt hätte, daß es um eine Mordermittlung ging ... Nein, ich glaube nicht, daß er es ihr gesagt hat.»

«Ich bin Ihrer Meinung. Sie war bereit, sehr weit zu gehen ist sehr weit gegangen. Aber nicht so weit.»

Lewis zögerte. «Sie werden entschuldigen,

wenn ich das sage, aber wie ich schon vorher erwähnte, Sie scheinen nicht besonders *überrascht* zu sein über das alles.»

«Was? Natürlich bin ich das. Von da, wo ich saß, hätte ich die *Königin* nicht erkannt, wenn sie auf dem Foto gewesen wäre. Die alten Augen sind nicht mehr so scharf wie früher.»

«Aber Sie *wußten* es, nicht?» fragte Lewis leise.

«Nicht alles, nein», log Morse.

Doch Lewis' Schweigen war auf traurige Weise vielsagend, und schließlich nickte Morse. Dann seufzte er tief.

«Ich habe es Ihnen schon immer gesagt, Lewis, oder etwa nicht? Die Person, die die Leiche findet, ist der Hauptverdächtige. Das war schon immer meine Philosophie. Es ist wie eine Zwangsvorstellung bei diesen Mördern – sie wollen, daß ihr Opfer gefunden wird. Es würde sie verrückt machen, wenn die Leiche eine nennenswerte Zeit irgendwo herumläge.»

«Wirklich?» fragte Lewis niedergeschlagen.

«Wirklich! Ich habe Bayley heute vormittag ins Präsidium bringen lassen – zur Mittagszeit.»

«Während ich bei dem Bauunternehmer war.»

«Ja. Und Bayley bleibt weiter in Untersuchungshaft.»

«Sie haben ihn selbst vernommen?»

«Ja. Wie ich Ihnen gerade sagte, ist niemand bei der Polizei hier von so standhafter und fairer Kompetenz wie ich – nicht auf diesem Sektor.»

Lewis lächelte gequält und nickte zuerst; dann schüttelte er den Kopf. Er hätte es wissen sollen ...

Er wies mit dem Kopf auf das Grainger-Haus: «Sollen wir reingehen und *sie* auch aufs Präsidium bringen?»

«Tatsächlich ist sie schon, äh, unterstützt sie uns schon bei den Ermittlungen.»

Lewis explodierte fast. «Aber Sie können nicht ... Sie können nicht annehmen ...»

«Doch, ich kann. Ich habe Bayley beschatten lassen, und er ging aus, um sich mit Sylvia Grainger zu treffen – in der Bar im *Randolph*; das war etwa Viertel vor zwölf. Sie hatte ihrem Mann gesagt, daß sie für ein paar Stunden zu ihrer Schwester gehe. Das war es, was sie sagte. Also! Es gibt eigentlich keinen Grund, hier noch länger frierend herumzusitzen, oder?»

Lewis ließ den Motor an, und der Jaguar erwachte zum Leben. Die beiden Polizisten saßen mehrere Minuten schweigend nebeneinander, während sie zurück ins Zentrum von Oxford fuhren.

Es war Lewis, der zuerst sprach. «Wissen Sie, es ist wirklich Unsinn, was Sie behaupten, Sir – wegen der Person, die die Leiche findet. Ich weiß nicht, wo das *bewiesen* wird. Und dann sagten Sie, es sei eine ‹Zwangsvorstellung› – das sagten Sie doch? – bei den Mördern, der Wunsch, daß die Leiche gefunden wird. Aber manche von ihnen nehmen sich enorm viel Zeit und geben sich verdammt viel Mühe, damit die Leiche *nie* gefunden wird.»

«Sie haben recht, da stimme ich zu. Ich habe etwas übertrieben.»

«Was hat Sie also veranlaßt, Bayley zu verdächtigen? *Irgend etwas* muß es gewesen sein.»

«Es sind all diese elenden Kreuzworträtsel, die ich mache. Man stolpert da über seltsame Wörter. Als ich Bayley in seinem Zimmer zum erstenmal sah, dachte ich, was für ein riesiger breithüftiger Bursche er doch sei. Und dann, heute morgen, habe ich Sheila Posters Geschichte noch einmal gelesen –

und da, nun, da machte es ‹klick› bei mir. Erinmern Sie sich an das ungewöhnliche Wort, das Sheila Poster benutzte – über den Gelegenheitsarbeiter? Natürlich *hatte* sie einen akademischen Grad in Englisch.»

Lewis einnerte sich, doch nur vage; er würde es nachschlagen, wenn sie erst wieder im Präsidium waren.

«Es war von Anfang an ein unkomplizierter Fall», fuhr Morse fort. «Wir hätten mit Sicherheit herausgefunden, früher oder später, wo Bayley gearbeitet hatte.»

«Früher oder später», wiederholte Lewis. «Und dieses eine Mal dachte ich, ich sei früher dran. Es ist genau, wie ich gesagt habe: Ich habe einen zweitklassigen Verstand – ich bin genau wie ein Zweite-Klasse...»

«Ah! Das erinnert mich an etwas. Halten Sie einen Moment, ja?»

Lewis bog in eine Umgehungsstraße neben einer Reihe von hellerleuchteten Läden ein, kurz vor dem Thames-Valley-Polizeipräsidium.

«Wo genau ...?»

«Hier. Hier ist es genau richtig.»

Morse zeigte mit einem Finger nach links, und Lewis bremste vor einer Postnebenstelle.

«Springen Sie eben rein und besorgen mir ein Briefmarkenheftchen, bitte.»

«Erster oder zweiter Klasse?» Aus irgendeinem Grund fühlte Lewis sich wieder verhältnismäßig gut.

«Kein Grund, durchzudrehen, oder? Ich nehme ein Heftchen zweiter Klasse. Heutzutage kommen sie fast so schnell an wie die erste, wie Sie wissen.»

Morse hatte die Hände nacheinander in die Taschen von Mantel, Jacke und Hose geschoben – offensichtlich ohne Erfolg.

«Sie werden es nicht glauben, Lewis, aber ...»

«Ich denke, ich werde es glauben, Sir. Erinnern Sie sich an das, was der Bursche Diogenes Small über die Flüge erdgebundener Menschen ins Reich der Phantasie schrieb?»

«Sie meinen, Sie schweben auch so hoch?»

«Nein, nicht ganz so hoch. Ich will nur sagen, daß kein Detektiv nötig ist, um herauszufinden, was Sie versuchen, mir zu erklären.»

«Und das wäre?»

«Sie haben kein Geld.»

«Ah!»

Morse schaute stumm auf die Bodenmatte,

und Lewis, jetzt fröhlich lächelnd, öffnete die Tür neben dem Fahrersitz des Jaguars und befand sich bald auf dem Weg zu den Räumlichkeiten der Postnebenstelle in Kidlington, Oxon.

Jede Frau hat ein Geheimnis

Es war weniger Menschenfreundlichkeit als der Zwang des Faktischen, was Chief Inspector Morse von der Thames Valley Police an einem regennassen Abend Anfang Februar 1990, kurz nach 17.00 Uhr, dazu bewog, sich zur Seite zu lehnen und die Beifahrertür des Jaguar aufzumachen. An der Bushaltestelle stand einer seiner Nachbarn aus dem Apartmenthaus in North Oxford, der bereits sehr naß war – und ihn mit scharfem Blick fixierte.

«Sehr liebenswürdig», sagte Philip Wise und brachte seine krumme Gestalt auf dem Beifahrersitz unter.

Morse knurrte etwas Unverbindliches, während der Wagen in der Schlange der roten Rücklichter ein paar Meter weiter die Banbury Road hinaufrollte und die Scheibenwischer kurzlebige Löcher in den Regenvorhang auf der Windschutzscheibe rissen.

Bis zu ihrem Ziel waren es nur noch gute tausend Meter, aber um diese Zeit waren dafür zwanzig Minuten in der zunehmend mit Lähmungserscheinungen geschlagenen Blechlawine normal. Morse, der selbst kein gewandter Unterhalter war, ja, bei dem es sogar gelegentlich vorkam, daß er am Steuer eines Wagens in totale Sprachlosigkeit verfiel, war froh, daß Wise das Gespräch allein bestritt. «Mir ist etwas ganz Erstaunliches passiert», sagte der Mann in dem triefenden Regenmantel.

Rückblickend begriff Morse, daß er, zumindest zuerst, allenfalls höflich-passiv zugehört hatte, aber immerhin – zugehört hatte er.

Philip Wise war im Oktober 1938 ans Exeter College in Oxford gekommen, und als ein Jahr später der Krieg ausbrach, hatte er dank seiner Fremdsprachenkenntnisse (besonders im Deutschen) einen ruhigen Job in einer Abwehreinheit ergattert, die am Rande von Bicester stationiert war. Zwei Jahre hatte er dort in einer scheußlichen, zugigen Nissenhütte zugebracht, und als sich die Gelegenheit bot, wieder eine Bude in Oxford zu bekommen, hatte er mit beiden Händen zugegriffen. So kam es, daß er 1941 in die Crozier Road gezogen war, eine triste Durchgangsstraße westlich von St. Giles, und dort hatte er Miss Dodo Whitaker («Nur mit einem ‹t›, Inspector!») kennengelernt, die eine winzige Dachstube unmittelbar über seinem Zimmer in dem schmuddeligen viergeschossigen Haus Nummer 14 bewohnte.

Weshalb sie ausgerechnet mit dem Namen «Dodo» geschlagen war, hatte er nie erfahren und auch nie danach gefragt, sie war aber entschieden ein agileres Exemplar als ihre Namensvetterin, die ausgestorbene Dronte *Didus ineptus* aus Mauritius. Ihre körperlichen Reize lohnten zwar kaum einen zweiten Blick, besonders in dem kriegsbedingt schlichten Overall, in dem sie fast ständig herumlief, dafür besaß sie den nicht zu unterschätzenden Vorzug, daß sie eine interessante junge Frau war. Manchmal, wenn sie in dem schlecht beleuchteten Schankraum des *Bird and Baby* ein halbes Glas leichtes Bier getrunken hatte, verlor sich ihre gewohnte Nervosität, und dann verbreitete sie sich mit ihrer ziemlich tiefen, rauhen Stimme kenntnisreich, redegewandt und witzig über Klassenstrukturen, den Kriegsverlauf und über Musik. Ja, besonders über Musik. Sie waren zusammen in einen Schallplattenklub eingetreten, und gelegentlich saßen sie abends bei Kerzenschein in Dodos Zimmer und hörten Platten – von Vivaldi bis Wagner. Einmal hätte Wise ihr beinah gestanden, daß er begann, mehr als platonischen Gefallen an ihrer Gesellschaft zu finden.

Beinah.

Dodo hatte einen Bruder namens Ambrose, der manchmal einen Urlaubsschein fürs Wochenende bekam und dann gewöhnlich (ganz inoffiziell) in ihrem Zimmer auf dem Fußboden übernachtete. Philip Wise und Ambrose Whitaker freundeten sich sehr schnell an, und oft saßen sie (zu Dodos gelindem Ärger) reichlich lange beisammen und tranken Whisky, einen Stoff, der im *Bird and Baby* zwar überteuert, aber reichlich vorhanden war, während er im fernen Bodmin, wo Ambrose als Unteroffizier seine Tage damit verbrachte, Rekruten mit den Geheimnissen antiquierter Artilleriegeschütze vertraut zu machen, Seltenheitswert besaß. Er war ein liebenswürdiger, wenn auch etwas leichtfertiger Typ, dessen Neigung zum Alkohol offenbar seine Liebe zur Musik in den Schatten stellte (laut Dodo war Ambrose unter anderem ein Klaviervirtuose). Wie im Flug vergingen diese Wochenenden, und viel zu früh war es dann wieder soweit, daß Philip mit seinem Freund über das Gloucester Green ging, um ihn am späten Sonntagnachmittag zur Bahn zu bringen.

Bruder und Schwester – ein wahrhaft sympathisches Paar!

Und reich; zumindest ihre Eltern waren es.

Besonders Dodo machte kein Geheimnis daraus, daß ihre Eltern in überaus angenehmen Verhältnissen lebten, wovon Wise sich einmal (und nur dieses eine Mal!) persönlich hatte überzeugen können, nachdem Dodo ihm, als er 1942 auf eine Woche nach Bristol mußte, angeboten hatte, er könne bei ihnen wohnen. Sie hatte ihm sogar einen Schlüssel zu dem elterlichen Haus geliehen für den Fall, daß sie bei seiner Ankunft nicht da waren. Daß Dodos Eltern in Bristol wohnten, wußte Wise schon, er hatte den Stempel auf den Briefmarken (vermutlich von der Mama) bemerkt, die einmal in der Woche auf dem verstaubten Mahagonitisch in der kleinen Diele von Nummer 14 lagen und auf denen vor ihrem Namen stets der Buchstabe ‹A› stand. Alice? Angela? Anne? Audrey? Wise hatte es nie erfahren und hatte auch nie danach gefragt. Aber gewußt hatte er es schon vorher, er war dabeigewesen, als sie mit geübtem Schwung ihrer schlanken, sehnigen Finger die Mitgliedskarte für den Schallplattenklub unterschrieben hatte. Die Eltern entpuppten sich als ein ebenso sittenstrenges wie sauertöpfisches Duo, das dem Gast gegenüber während seines kurzen Besuchs unverändert frostig-distanziert blieb, Dodo anscheinend alles andere als herzlich zugetan war und Ambrose so auffällig totschwieg, daß es schon peinlich war. Merkwürdigerweise hatte Wise keine einzige liebevolle Erinnerung an ihren begabten Sprößling in der kalten Pracht der Whitaker-Villa entdeckt, und nicht ein einziges Familienfoto zierte den täglich abgestaubten Kaminsims.

Drei Wochen nach seiner Rückkehr von diesem verunglückten Besuch kehrte Dodo Oxford den Rücken, ihr Kriegseinsatz (offenbar irgend etwas streng Geheimes) erforderte den Umzug nach Cheltenham. Es waren nur etwa 60 Kilometer, sie würde in Verbindung bleiben, sagte sie.

Aber daraus war nichts geworden.

«Achtundvierzig Jahre ist das jetzt her,

Inspector. Achtundvierzig! Ich war damals dreiundzwanzig, sie muß etwa in meinem Alter gewesen sein. Ein, zwei Jahre älter vielleicht … Ich weiß es nicht. Ich habe sie nie gefragt, wie alt sie ist. Ganz schön schlapper Typ, wie?»

In der Dunkelheit nickte Morse eine stumme Bestätigung, und endlich, endlich war der Jaguar auf dem Parkplatz – «Nur für Mieter!» – angelangt.

Wise brachte das Kunststück fertig, weiterzureden, während sie durch den Regen zur Eingangshalle sprinteten. «Wenn ich Ihnen einen Tee anbieten darf … oder irgendwas anderes … Im Grunde habe ich Ihnen ja noch gar nichts erzählt.»

Als sie sich im Wohnzimmer gegenübersaßen, reichte ihm Wise ein weißes Heftchen von sechs Seiten. Auf dem Deckblatt stand: *Gedenkgottesdienst für AMBROSE WHITAKER, M. A. (Cantab.) F.R. A.M. 1917–1989)*, und Morse überflog den Inhalt: Musikstück. Choral. Bibeltext. Musikstück. Ansprache. Gebet. Choral. Musikstück. Segen. Musikstück. Noch ein Musikstück. Wenn er bei der Ausrichtung seiner eigenen Trauerfeier mitzureden hätte, bemerkte Morse nur, würde er, wie Whitaker, das ‹In Paradisum› aus dem Requiem von Fauré wählen. Dann gab er das Heft zurück.

«Die Sache ist nun die», fuhr Wise fort, «daß ich im Dezember die Todesanzeige in der *Times* sah und überzeugt davon war, daß es sich um den Mann handelte, den ich im Krieg gekannt hatte. Ganz abgesehen von dem ziemlich ungewöhnlichen Vornamen und der sehr ungewöhnlichen Schreibweise des Nachnamens, stimmte auch das andere: Geboren in Bristol, Könner am Klavier – einfach alles! Und unwillkürlich dachte ich an damals und überlegte, ob *sie* wohl noch lebte. Dodo, meine ich. Als ich dann vor vierzehn Tagen von dem Gedenkgottesdienst in Holborn las, beschloß ich hinzugehen, um einem alten Freund die letzte Ehre zu erweisen – und vielleicht ...»

«– ein älteres Mädchen mit wohlgepolsterter Oberweite zu finden.»

«Ja.»

«Haben Sie Ihre Dodo gefunden?» fragte Morse leise.

Wise schüttelte den Kopf. «Es war jede Menge Prominenz aus der Musikszene da, ich hatte ja keine Ahnung, was sich Ambrose für einen Namen gemacht hatte. Weil ich ziemlich früh dran war, stellte ich mich noch eine ganze Weile vor die Kirchentür und sah zu, wie die Leute hineingingen, unter anderem auch – nicht zu verkennen! – die Frau von Ambrose, sie fuhr in einem Rolls mit Chauffeur vor. Zulassungsnummer AW1! Aber die Frau, die ich suchte, sah ich nicht, und in der Kirche saß sie auch nicht, da hätte ich sie sofort entdeckt. Sie war ziemlich klein und untersetzt, genau wie ihre Mutter. Und noch etwas. Sie hatte eine häßliche kleine rote Narbe, nein, eigentlich eine *große* rote Narbe, auf der linken Kinnseite. Von einem Fahrradunfall aus der Kindheit, wenn ich mich recht erinnere. Die Narbe war ihr peinlich, und sie puderte sich immer sehr stark, um sie ein bißchen abzudecken. Trotzdem fiel es leider sehr auf. Ja, also um es kurz zu machen oder zumindest kürzer, nach dem Gottesdienst ging ich zu Ambroses Witwe und sagte, ich hätte ihren Mann im Krieg gekannt, es täte mir sehr leid und so weiter. Sie war durchaus liebenswürdig, wenn auch ein bißchen gezwungen, außerdem warteten noch mehr Leute, die mit ihr sprechen wollten. Ich mochte sie deshalb nicht weiter aufhalten und sagte nur noch, ich hätte auch die Schwester ihres

Mannes gekannt.» Wise hielt ein, zwei Sekunden inne, dann fuhr er fort:

«Und was soll ich Ihnen sagen, Inspector: Die Witwe von Ambrose deutete auf eine grauhaarige Frau in schwarzem Kleid, die mit dem Rücken zu uns stand und ungefähr die gleiche Größe und die gleiche Figur wie Dodo hatte. ‹Dieser Narr hier sagt, daß er dich von früher kennt, Agnes …›»

«Agnes!»

«Mehr habe ich nicht gehört, ich wußte einfach nicht, was ich machen oder sagen sollte, denn in diesem Moment drehte sich die Frau in Schwarz zu mir um, und *es war nicht Dodo Whitaker.*»

Es war Morse, der das Schweigen brach. «Ambrose hatte nur die eine Schwester?»

Wise nickte wehmütig lächelnd. «Ja – Agnes. Er hatte nie eine Schwester, die Dodo hieß.»

Wieder schwiegen beide.

«Was meinen Sie dazu?» fragte Wise schließlich.

Für Morse war es seit jeher eine unleugbare Tatsache, daß der Zufall im menschlichen Zusammenleben eine weit größere Rolle spielt, als ihm allgemein zugebilligt wird. Dies war wieder ein Beispiel dafür, es konnte gar nicht anders sein. Was Wise erzählt hatte, war hochinteressant, aber doch wohl kein wirkliches Problem – oder? Er leerte ostentativ sein Glas, sah erfreut, daß es wieder aufgefüllt wurde, und verkündete dann sein Urteil. «Es gab zwei Männer, die Ambrose Whitaker hießen, beide waren musikalisch, beide waren aus Bristol, und Ihr Bekannter von damals war nicht der, der jetzt gestorben ist.»

«Glauben Sie?» Wise lächelte ein wenig, und Morse kam die etwas unbehagliche Erkenntnis, daß man von ihm denn doch eine etwas tiefer schürfende Analyse erwartet hatte.

«Sie glauben nicht», sagte er matt, «daß Agnes eine Schönheitsoperation oder so was hinter sich hatte?»

«Nein, nein. So viele Zufälligkeiten *kann* es einfach nicht geben. Alles stimmte, bis in die letzten Einzelheiten. So hatte mir Dodo zum Beispiel erzählt, daß sie und Ambrose sich in einer etwas morbiden Stimmung mal damit befaßt hatten, daß er im Krieg fallen könnte, und daß er sich damals ein paar Stücke für seine Beerdigung ausgesucht hatte. Das ‹In Paradisum› …»

«Vorzügliche Wahl», warf Morse ein. «Ich habe es in dem Programm für die Trauerfeier gesehen.»

«– und das Adagio aus dem Klarinettenkonzert von Mozart –»

«Ah, ja, das KV 662.»

«Ja, so...»

Morse wußte, daß er sich bisher nicht gerade mit Ruhm bedeckt hatte, und gab Wise insgeheim recht, daß die Zufälligkeiten überhandnahmen. Aber er kam nicht dazu, die verblüffende Möglichkeit weiterzuentwickeln, die ihm plötzlich in den Sinn gekommen war, denn Wise brannte offenbar darauf, seine ebenso verblüffenden Schlußfolgerungen vor ihm auszubreiten.

«Was würden Sie sagen, Inspector, wenn ich Ihnen erklärte, daß Dodo gar nicht die Schwester von Ambrose Whitaker war, sondern seine Frau?»

Morse wirkte ehrlich überrascht, aber er ließ Wise weiterreden, ohne ihn zu unterbrechen.

«Das würde vieles erklären, nicht? Zum Beispiel fand ich es immer ein bißchen merkwürdig, daß Ambrose, wenn er Urlaub bekam, die lange Reise von Cornwall bis hierher nach Oxford machte – nur um seine

Schwester zu besuchen. Eigentlich sollte man denken, daß er hin und wieder auch mal zu seinen Eltern gefahren wäre, nicht? Zu ihnen hatte er es viel näher als zu Dodo, und schließlich zahlte es sich für ihn später mal aus, wenn er sich gut mit ihnen stellte. Aber daß er jede Gelegenheit wahrnahm, um in Oxford *seine Frau* zu besuchen, leuchtet schließlich ein. Dazu paßt auch, daß er in ihrem Zimmer geschlafen hat. Die Familie war wohlhabend, er hätte sich, wenn er gewollt hätte, eine Suite im *Randolph* leisten können. Nein, er schlief – angeblich! – bei Dodo auf dem *Fußboden*. Damit wäre auch klar, warum sie sich von mir nie hat anfassen lassen, nicht einmal Händchen halten durfte ich. Dabei hatte sie mich wirklich gern, das weiß ich.»

Wise hielt einen Augenblick inne und nickte vor sich hin. «Aus irgendeinem Grund waren offenbar die Whitakers mit der Heirat ihres Sohnes nicht einverstanden und wollten mit seiner Kriegsbraut so wenig wie möglich zu tun haben. Deshalb auch der frostige Empfang, den sie mir bereitet hatten, Inspector! Womöglich war sogar die Rede davon, ihn zu enterben. Das weiß ich natürlich nicht. Ich *weiß* überhaupt nichts. Ich vermute aber, daß sie ein Kind erwartete und deshalb ständig in diesem Overall herumlief, und als es soweit war, mußte sie eben weg von Oxford. Und dann? Da kann ich auch nur raten. Vielleicht ist sie gestorben … bei einem Luftangriff umgekommen … hat sich scheiden lassen …, alles ist möglich. Ambrose hat wieder geheiratet, und die Frau, die ich bei dem Gedenkgottesdienst sah, war seine *zweite* Frau.»

«Hm …» Morse zog ein skeptisches Gesicht. «Wenn diese Dodo aber tatsächlich seine Frau war und seine Eltern sie nicht ausstehen konnten, muß die Frage erlaubt sein, warum sie ihr Woche für Woche geschrieben haben. Und warum nahm sich dann Dodo das Recht heraus, Sie nach Bristol einzuladen? Sie hatte einen Schlüssel zum Haus, ja, sie konnte sogar Ihnen einen zur Verfügung stellen.» Morse schüttelte bedächtig den Kopf. «Das sieht doch ganz danach aus, als ob sie ihres Wohlwollens ziemlich sicher war.»

«Sie glauben also, die beiden waren tatsächlich ihre Eltern», meinte Wise entmutigt.

«Davon bin ich überzeugt.»

Wise schüttelte hilflos den Kopf. «Was, zum Teufel, ist dann des Rätsels Lösung?»

«Das dürfte ziemlich klar sein», sagte Morse – aber er sagte es nicht laut. Und bald darauf, nachdem die Hoffnung auf ein neuerliches Nachschenken wohl endgültig geschwunden war, verabschiedete er sich mit dem Versprechen, «mal ein bißchen über das Problem nachzudenken».

Am Montagmorgen stand Morse neben seinem Kollegen vom Verkehrsdezernat im Polizeipräsidium von Kidlington und sah zu, wie die Zulassungsnummer AW 1 in den Computer eingegeben wurde. Gleich darauf erschien auf dem Schirm die Information, daß der Wagen nach wie vor auf den Namen A. Whitaker, 6 West View Crescent, Bournemouth, zugelassen war. Morse notierte sich die Adresse und ging nachdenklich zurück in sein Büro im Erdgeschoß. Von der Auskunft ließ er sich die Nummer in Bournemouth geben und hatte wenig später Mrs. Whitaker selbst am Apparat, die ihrerseits Morse versprach, genau das zu tun, worum er sie gebeten hatte.

Dann rief Morse im Kriegsministerium an.

Zehn Tage später kam Philip Wise von einer Urlaubswoche in Spanien nach Hause zurück, wo er eine längere Mitteilung von Morse vorfand.

P.W.

Ich habe noch einige Fakten ermittelt, aber manches von dem hier Angeführten ist möglicherweise reine Fiktion. Bekanntlich wurde im letzten Krieg jede Menge Unterlagen vernichtet – *die* Chance für Leute, ihre Spuren zu verwischen, indem sie sich einfach einen anderen Ausweis zulegten oder dergleichen, besonders in dem Chaos nach einem blutigen Gemetzel, wenn sich in der Masse Mensch keiner mehr zurechtfand – und in den Leichen erst recht nicht.

Nach Dünkirchen, zum Beispiel.

Bordschütze Whitaker war von dreißig Mann der einzige, der wie durch ein Wunder überlebte, als ein deutscher Stuka am 30. Mai 1940 die *Edna* (einen Leichter aus Felixstowe) versenkte. Er wurde, nur mit einer nassen Unterhose und einer Armbanduhr bekleidet, von dem Kanonenboot *Artemis* aus dem Kanal gefischt und landete mit Zehntausenden von Soldaten aus fast allen Regimentern Großbritanniens (hier setzt meine lebhafte Phantasie an) in Dover. Zu gegebener Zeit schickte man ihn mit dem Zug in ein provisorisches Auffanglager, zufällig war es das Lager hier in Oxford, auf Headington Hill.

Die Tatsache, daß er einen schweren Schock hatte und nervlich völlig am Ende war, ist vermutlich eine hinreichende Erklärung dafür, daß er nach nur einer Nacht im Zelt das Lager verließ und sich per Anhalter nach Bristol durchschlug. Aber er ging nicht allein. Er nahm einen Freund mit, einen Regimentskameraden, und sie machten sich beide absichtlich davon, ehe man sie mit neuen Personalunterlagen hatte versehen und ihnen den nächsten Marschbefehl hatte aushändigen können. Als nähere Angehörige hatte dieser zweite Mann nur noch eine Mutter und eine Schwester, die beide bei einem der ersten Luftangriffe auf Plymouth ums Leben kamen. Und gegen Zahlung einer (zweifellos beträchtlichen) Summe, zur Verfügung gestellt von den fürsorglichen Eltern Whitaker, erklärte sich dieser Mann bereit, die beim Kriegsministerium aktenkundige Auskunft über sein Schicksal nach Dünkirchen – «vermißt, wahrscheinlich gefallen» – so stehenzulassen, für den Rest des Krieges den Namen Ambrose Whitaker anzunehmen und dessen Rolle zu spielen. Kurzum, ich vermute, daß der Mann, der von Bodmin kam, um Dodo zu besuchen, gar nicht Ambrose Whitaker war.

Ihre eigene Vermutung paßte sehr gut zu etlichen Fakten, aber diese Fakten passen auch in ein ganz anderes Muster. Da gab es zunächst diesen wöchentlichen Brief aus Bristol von Eltern, die scheinbar so wenig von ihrer Tochter hielten und bei Ihrem Besuch sämtliche Familienfotos versteckt hatten. Erstaunlich! Dann die Tochter selbst, diese Dodo. Die Kleine war keine Schönheit, und selbst ein normaler junger Mann (halten Sie mich nicht für unfair!) wurde für ihre Reize erst nach ein paar Glas Bier in einem schummrigen Pub oder bei Kerzenlicht im Schlafzimmer empfänglich. Dennoch verbarg sie das, was sie womöglich an Attraktionen zu bieten hatte, unter einem sackartigen Overall. In höchstem Maße erstaunlich! Was haben Sie mir sonst noch von Dodo erzählt? Sie war nervös. Sie hatte eine ziemlich tiefe Stimme. Sie puderte sich zu stark. Sie wußte sehr viel über den Krieg… (Inzwischen haben Sie bestimmt die Wahrheit erraten.) Ihr

Vorname begann mit einem A, Sie haben sie beim Schallplattenklub so unterschreiben sehen – mit den sehnigen Fingern eines aktiven Musikers. Aber das war nun eben nicht mehr erstaunlich. Ihr Name fing tatsächlich mit A an, und Ambrose Whitaker war, wie wir wissen, ein hervorragender Pianist. Es ging ihr nicht nur darum, unter der dicken Puderschicht die Narbe an ihrem Kinn zu verdekken, sondern die Bartstoppeln, die jeden Tag nachwuchsen! Denn Dodo Whitaker war ein Mann. Und zwar kein x-beliebiger Mann, sondern *Ambrose Whitaker.*

Zwei Fragen sind noch offen. Erstens: Warum mußte Ambrose Whitaker sich als Frau ausgeben? Zweitens: Welche Beziehung bestand zwischen Ambrose und dem Artillerie-Unteroffizier aus Bodmin? Was den ersten Punkt angeht, konnte Ambrose natürlich, wenn er sich den weiteren Schrekken des Krieges entziehen wollte, nicht in Bristol bleiben, dort war er zu bekannt. Selbst an einem Ort, an dem man ihn nicht kannte, hätte er als Mann nicht gefahrlos leben können. In Kriegszeiten mußte jeder junge Mann mit mißtrauischen Fragen rechnen, der den Eindruck eines Drückebergers machte. Er sicherte sich also zweifach ab bei dieser Täuschung – die für ihn lebensnotwendig war –, indem er nicht nur nach Oxford zog, sondern sich dort auch wie eine Frau kleidete und wie eine Frau lebte. Was die zweite Frage betrifft, brauchen wir vielleicht nicht allzu genau zu untersuchen, warum der sensible und sehr weiche Ambrose nur zu gern jede Gelegenheit nutzte, seine Nächte mit dem (pardon!) ziemlich primitiven Whiskysäufer zu verbringen, den Sie im Krieg kennengelernt hatten. Derlei Spekulationen sind immer ein wenig degoutant, und mehr möchte ich dazu eigentlich nicht sagen.

Ich habe die Witwe von Ambrose angerufen, sie um ein Foto ihres Mannes aus dem Krieg gebeten und Ihre Adresse angegeben mit der Begründung, Sie seien Archivar und arbeiteten fürs Imperial War Museum. Ich nehme an, daß Sie in Kürze von ihr hören werden, und dann wissen Sie soviel oder sowenig über diesen seltsamen Fall, wie wohl je ein Mensch darüber erfahren wird.

E. M.

Zwei Tage später nahm Wise, noch im Schlafanzug, einen festen weißen Umschlag in Empfang, der neben einem kurzen Begleitbrief das Foto eines jungen Mannes in Uniform enthielt – ein Foto, in dem kein Versuch gemacht worden war, die linke Seite des Porträtierten der unbestechlichen Linse der Kamera zu entziehen oder den Verlauf der bösen Narbe zu retuschieren, die sich quer über das Kinn zog. Und als Philip Wise das Foto genauer betrachtete, sah er in die vertrauten, treulosen Augen von Dodo Whitaker.

Nachbarschaftshilfe

Sed quis custodit ipsos custodes?
(Doch wer wacht über die Wächter?)
(Juvenal, Satiren)

«Einen Kriminellen darf man einfach nicht zum Helden hochstilisieren!» erklärte Marcus Price, Dozent am *All Souls*, leerte sein Bierglas und schaute, während er es zurück auf den Tisch stellte, auffordernd von einem zum anderen, als wollte er sagen, er selbst habe die letzte Runde ausgegeben, aber wer bitte sei nun an der Reihe ...? «Außer dem alten Raffles, diesem Gentleman unter den Einbrechern. Erinnern Sie sich an den?» ließ sich Denis Stockman hören, ebenfalls Dozent in Oxford und Spezialist (*die* Kapazität sozusagen) für alles, was mit dem Großherzogtum Litauen im fünfzehnten Jahrhundert zu tun hatte. «Der hat doch die Kronjuwelen oder irgend so was geklaut», fuhr er fort, «und sie wieder zurückgebracht, nachdem ihm klargeworden war, was er da an Land gezogen hatte. Aber heutzutage dürfte es solche Art von Ehrgefühl wohl kaum mehr geben, oder was meinen Sie, Morse?»

«Nein», murmelte Morse, «wohl kaum.»

Du liebe Zeit. Aber er war ja selbst daran schuld. Nur auf einen Sprung hatte er an diesem Mittwochmittag im *King's Arms* vorbeigehen wollen. Doch dann schien es sich so vielversprechend anzulassen. Weil nämlich, als er kam, nur ein einziger anderer Gast dagewesen war, und zwar eine attraktive Brünette um die Dreißig mit unergründlich tiefgrünen Augen. Da hatte er sich gesetzt, ganz in ihre Nähe, und sie hatte kurz den Kopf gehoben und ihn angelächelt, sich dann jedoch gleich wieder ihrem Kreuzworträtsel aus der *Times* zugewendet. Und als er den ersten Zug aus seinem Glas nahm, trug sie eben wieder ein Wort ein, und dabei fiel ihm auf, daß sie mit der linken Hand schrieb und am Nagel des Mittelfingers eine breite weiße Linie hatte, als wenn sie ihn sich irgendwo in einer Tür eingeklemmt hätte.

Ja, er war wirklich selbst schuld.

Denn kaum waren sie seiner hier ansichtig geworden, waren sie über ihn hergefallen. Wo man sich doch so lang nicht gesehen hatte. Haben Sie was dagegen, wenn wir uns zu Ihnen setzen? Was trinken Sie? Morse hätte natürlich vorgeben können, wegen eines dringend zu lösenden Falles in Eile zu sein. Er tat es aber nicht. Die Aussicht auf ein weiteres Bier stimmte ihn fröhlich, und er hörte sich antworten: «Best Bitter.»

Der Vierte im Bunde, ein kleiner, glatzköpfiger Herr mit rundem Bierbauch und einem Hörapparat im rechten Ohr, erklärte sich bereit, die nächste Runde auszugeben. Morse kannte ihn von ein oder zwei früheren Begegnungen und erinnerte sich, gehört zu haben, daß er noch vor Kriegsausbruch als Flüchtling aus Deutschland hierhergekommen war und nun in einem großen Haus im Norden von Oxford lebte – wenn er sich nicht irrte, sogar ziemlich in seiner Nähe. In einem Haus, das offensichtlich bis oben hin vollgestopft war mit wertvollen Sammlerstücken aller Art. Genau. Dr. Eric Ullman hieß er und war Junggeselle. Wie Morse auch.

«Auf Ihr Wohl, meine Herren!» Ullman betonte die Worte sehr korrekt, fast sogar ein wenig pedantisch, wobei er das Glas hob und seinen beiden Bekannten aus der Universität und dem Hauptkommissar zuprostete. «Ich hoffe, Sie verzeihen mir, falls Ihnen das, was ich Ihnen jetzt erzähle, ein wenig verwunderlich vorkommen sollte.»

Keines der drei Augenbrauenpaare hob sich mehr als einen Millimeter.

«Ich glaube nämlich, Sie irren», begann Ullman seine Ausführungen, «wenn Sie denken, heutzutage gäbe es unter Dieben kein Ehrgefühl mehr. Aber lassen Sie es mich erklären. Ich bin nämlich letzten Freitag hier im Oxforder *Apollo Theatre* gewesen und habe mir *Così fan tutte* angesehen. In einer Aufführung des Welsh National. Wie Sie vielleicht wissen, gastieren sie auch diese Woche noch. Jedenfalls kam ich gegen Viertel nach elf heim und habe mir dummerweise nicht mehr die Mühe gemacht, den Wagen in die Garage zu fahren. Und als ich am Morgen aus dem Fenster schaute, was sah ich da? Nichts. Die Einfahrt war leer, der Wagen spurlos verschwunden. Einfach weg.»

«Ein Metro, nicht wahr?» fragte Price.

Ullman nickte. «Ich fahre ihn schon neun Jahre.»

Stockman hüstelte. «Lohnt sich das überhaupt, Eric? Ich meine, war der Wagen es denn noch wert, daß man ihn klaut?»

«Mir war er eine Menge wert», sagte Ullman.

Price grinste. «Na ja, wenn man ihn in Zahlung gibt, kriegt man vielleicht noch dreihundert Pfund, oder? Mehr doch bestimmt nicht.»

«Gehört haben Sie nichts?» fragte Morse.

«Nein. Und wissen Sie was? Die haben sogar noch das Gartentor zugemacht.»

«Kann sein, daß sie ihn auf die Straße hinausgeschoben haben», überlegte Morse. «Um keinen Lärm zu machen. Und bis zur Ring Road ist es von Ihnen aus schließlich nur ein paar hundert Yards.»

«So ungefähr.»

«Haben Sie uns angerufen? Ich meine, haben Sie die Polizei verständigt?»

«Umgehend. Die sagten, wahrscheinlich würde der Wagen in drei oder vier Tagen wieder auftauchen. Irgendwo draußen auf dem Land, ohne Reifen, ohne Radio, ohne alles, was nicht niet- und nagelfest ist eben, mit verbeulten Kotflügeln und kaputten Scheiben...»

«So was ist wirklich eine Unverschämtheit», sagte Price und schüttelte heftig den Kopf. «Diese jungen Rowdies – na ja, ich wüßte sehr wohl, was ich denen dafür geben würde. Und zwar sicher nicht bloß ein paar nette Stunden Arbeit in der Gemeinde!»

«Ganz kleinen Moment noch», sagte Ullman und hielt die rechte Hand in die Höhe. Die anderen schwiegen wieder.

«Also, die in East Oxford haben nichts herausbekommen. Gar nichts. Drei Tage vergingen. Dann, am Montag, letzten Montag, war ich abends im *Randolph* zum Essen eingeladen. Und als ich zurückkam, ungefähr gegen elf Uhr, da – in meiner Einfahrt ...»

Ullman erzählte seine Geschichte wirklich nicht schlecht. Drei Augenpaare verrieten jetzt heftiges Interesse.

«... vollkommen unversehrt – und sogar blitzsauber. Und unterm Scheibenwischer an der Windschutzscheibe klemmte – das da.»

Er zog einen Brief aus der Brusttasche, einen Brief, der in ordentlicher, kleiner, aufrechter Schrift geschrieben war, ohne Anrede, Datum, Unterschrift oder Gruß. Ullmans Zuhörer lasen ihn einer nach dem anderen:

«Bitte entschuldigen Sie die Unannehmlichkeiten. Aber ich brauchte so dringend einen Wagen, und Ihrer stand gerade da. Ich habe ihn waschen und volltanken lassen – bleifrei, wie in der Anleitung vorgeschrieben. Ihr Autolein war meine Rettung, ehrlich, und ich bin Ihnen wirklich sehr zu

Dank verpflichtet. Deshalb erweisen Sie mir nun bitte die Ehre, und nehmen Sie dafür von mir die beiliegende Karte an. Ich weiß, daß Sie gern in die Oper gehen. Ich war mir zwar nicht ganz schlüssig, welche Vorstellung ich für Sie aussuchen sollte, aber für mich ist Wagner der Größte, und meiner Meinung nach ist ‹Die Valkurie› einfach sein bestes Werk. Machen Sie sich also einen schönen Abend – und nochmals vielen Dank.»

Morse las den Brief als letzter. Ein Ausdruck leichter Verwirrung lag auf seinem Gesicht – als Ullman eine Eintrittskarte für die Vorstellung am kommenden Freitag hervorzog.

Vierzig Pfund!

Puh!

«Ist die echt?» fragte Stockman.

«Guter Platz», antwortete Ullman, «falls Sie das meinen. Ganz vorne.»

Morse lächelte den kleinen Mann freundlich an, als der im Scherz die Karte gegen das Licht hielt und so tat, als wolle er ein Wasserzeichen auf seine Echtheit hin überprüfen.

«Die ist echt genug, denke ich», sagte er und wäre liebend gern selbst Besitzer dieser Karte gewesen.

Wieder waren die Gläser leer, und Morse kam zu dem Schluß, daß nun entweder er oder Stockman die nächste Runde ausgeben müßte.

Also Stockman.

Der hintere Schankraum, so eng und häßlich er auch war, war ein beliebter Treffpunkt und an diesem Mittag schon fast bis auf den letzten Platz besetzt. Morse entschuldigte sich wegen seines vorzeitigen Aufbruchs und drückte sich vorsichtig an der Dame zu seiner Rechten vorbei, die sich offenbar stärker für Ullman als für ihr Kreuzworträtsel interessiert hatte (zumindest hatte er den Eindruck, daß sie damit in der Zwischenzeit kaum vorangekommen war).

Er hatte übrigens ganz richtig gesehen: Sie war in der Tat, wie die Mehrzahl der Umstehenden, Ullmans Ausführungen mit großem Interesse gefolgt und hatte darüber hinaus auch noch ein paar andere Dinge beobachtet. Zum Beispiel war ihr – und vielleicht wirklich nur ihr – aufgefallen, daß Morse, absichtlich oder nicht, ganz vergessen hatte, Ullman das Briefchen des Autodiebs wieder zurückzugeben. Und wahrscheinlich war sie auch die einzige, die beobachtet hatte, daß die beiden – der, den die anderen Morse nannten, und Ullman – sich auf eine fast konspirative Art zugeblinzelt hatten. Na ja – ‹konspirativ› war vielleicht doch ein etwas zu starker Begriff für die Blicke, die die beiden getauscht hatten. Obwohl sie hätte schwören können, daß irgend etwas dergleichen tatsächlich in der Luft hing.

Sehr interessant!

Und noch etwas war da. Nachdem Morse gegangen war, hatte nämlich der kleine Herr ihr einen Blick zugeworfen, fast so, als sei sie ihm von weitem bekannt. Was natürlich nicht der Fall war, denn sie hatte ihn ja in ihrem ganzen Leben zuvor noch nie gesehen. Aber jetzt dachte sie, daß da etwas – etwas beinahe Unheimliches in seinem Blick lag. Etwas Unheimliches, ja, dieses Mal war der Begriff sicher nicht zu stark. Fast kam es ihr so vor, als wüßte er etwas über sie, das ihr selbst kaum bewußt war.

Morse bummelte noch ein halbes Stündchen durch *Blackwell's*, bevor er zur Cornmarket-Bushaltestelle hinüberging. Während er nach Kidlington zurückfuhr, las er den Brief noch zweimal und grübelte über dieses seltsame Zusammentreffen nach, daß ein Autodieb

– jemand, der Autos klaute! – seine höchst persönliche eigene Einschätzung, was die bedeutendste Oper der Welt war, teilen sollte. Grübelte auch über die beiden – verzeihlichen – Grammatikfehler nach, die sich in dem Brief befanden, und über den anderen absolut unverzeihlichen, über den er noch staunte, als er schon den Abhang zum Polizeihauptquartier hinaufmarschierte.

«Na – schön zu Mittag gegessen, Sir?» Lewis unterbrach seine Tipperei und warf einen Blick auf seine Armbanduhr. «Nur die Ruhe, mein Lieber. Da ist nämlich jemandem der Wagen geklaut worden. Bloß, daß er ein paar Tage später wieder zurückgebracht wurde, und zwar in besserem Zustand als zuvor. Und mit einem Zettel, auf dem stand, tut mir leid, aber ich brauchte unbedingt ein Auto, und als kleine Entschädigung für den Ärger, den Sie deshalb hatten, ist hier eine teure Karte für die Oper. Verstehen sie, worauf ich hinauswill?»

Lewis nickte.

«Der Typ geht also in die Oper, und wenn er nachher heimkommt...»

«... merkt er, daß inzwischen seine Wohnung ausgeräumt worden ist», sagte Lewis gelangweilt.

«He – seit wann können Sie Gedanken lesen?»

«Kann ich nicht, Sir. Hab aber schon davon gehört. War erst vor ein paar Wochen in High Wycombe ein ähnlicher Fall – jedenfalls hat einer unsrer Leute so was erzählt.»

«Aha.»

«Tut mir leid, wenn ich Sie jetzt enttäuscht habe, Sir.»

«Glauben Sie, daß sich das weit herumgesprochen hat?»

«Kann ich mir nicht vorstellen. Gehört nicht zu den Dingen, die man an die große Glocke hängt, oder? Weil es vielleicht Schule machen könnte. Zumindest die erste Zeit.»

«Mhm.»

«Aber ziemlich clever, trotzdem.»

«Verdammt clever.»

«Und warum erzählen Sie mir das, Sir?»

Morse grinste. «Haben Sie Freitag abend schon was vor?»

«Eigentlich nicht. Meine Frau hat zwar eine Tupperware Party, glaube ich, aber–»

«... aber Sie würden sich vermutlich ganz gern verdrücken?» Jetzt war es Lewis, der vor sich hin grinste. «Um wieviel Uhr, sagten Sie, brauchen Sie mich?»

Es war genau eine Minute nach sieben Uhr, als das Pärchen in dem Miet-Lieferwagen den Mann aus dem Garten auf die Straße heraustreten und eilig fortgehen sah.

«Du bist wirklich ein superkluges Miststück, Millie, daß du dir das ausgeheckt hast.»

«Nur keine Vorschußlorbeeren, mein Lieber.»

«Weiß schon – aber es dauert ja ein bißchen.»

«Dreieinhalb Stunden. Meine Güte!»

«Länger als zwei Fußballspiele hintereinander.»

«Ach, Charlie, du bist und bleibst ein Prolet ...»

«Wie bitte? Ich – ein Prolet? Daß du dich da nur nicht irrst. Du weißt wohl nicht, daß Wagner mein Ein und Alles ist?»

Morse und Lewis beobachteten von ihrem Zivilwagen aus, wie Ullman sich zu Fuß auf den Weg machte. Seinen Metro, inzwischen mit Alarmanlage und einer zwischen Steuerrad und Kupplung befestigten Diebstahlsicherung ausgerüstet, hatte er in der Sicherheit seiner wohlverschlossenen Garage zurückgelassen. Ullman wollte ganz offensichtlich keine weiteren Risiken mehr eingehen; außerdem war die Busverbindung die Banbury Road hinunter ins Zentrum und zum *Apollo Theatre* wirklich gut.

Gegen halb neun machte Lewis sich zum erstenmal ein wenig unmutig bemerkbar: «Wann, meinten Sie, sollte das Ding da steigen?»

«Geben Sie ihnen eine Chance, Lewis. Immerhin haben die bis Mitternacht Zeit. Oder jedenfalls fast bis Mitternacht.»

«Aber wir sind jetzt schon seit –»

«Schhhh!» zischte Morse, weil soeben eine kräftig gebaute Frau den Kiesweg zu Ullmans Haustür hinaufschritt, die sehr aufmerksam um sich schaute, bevor sie etwas in seinen Briefkasten steckte, das aussah wie eines der kostenlosen Anzeigenblätter. Dann marschierte sie wieder zurück und zog das Gartentor hinter sich zu.

«Sehr aufregendes Ereignis, nicht wahr?» fragte Lewis streitsüchtig.

Aber Morse zeigte keinerlei Neigung anzubeißen.

Um zehn Minuten nach neun öffnete ein Mann das Gartentor, drückte es hinter sich wieder ins Schloß und näherte sich der Haustüre. Dort angekommen blickte er mehrere Sekunden lang über die Schulter zurück, gleichsam als erwartete er, jemand Bestimmten zu entdecken. Dann zog er die Zeitung aus dem Briefkasten, fand darin eingewickelt einen Schlüssel und betrat das Haus.

Es war Dr. Eric Ullman.

Noch eine Viertelstunde danach, als Lewis beim *Dew Drop* in Summertown mit einer Flasche Best Bitter und einem halben Glas Beamish aus der Bar zurückkam, schüttelte Morse den Kopf darüber.

«Kann doch sein, Sir, daß es ihm auf die Nerven gegangen ist, oder? Steht schließlich nicht jeder auf Wagner.»

«Er schon. Das ist es doch. Nein, nein, Lewis, ich bin mir ziemlich sicher, daß da irgendwas ganz entsetzlich schiefläuft. Die müssen gewußt haben, daß er früher heimkommen wird … Irgendwie haben sie Wind davon bekommen.»

«Vielleicht hat ja Dr. Ullman genau wie Sie, Sir, gedacht, daß …?»

«Tja – vermutlich haben Sie recht.» Morse nahm noch einmal den Brief aus der Tasche. «Wer auch immer dies da geschrieben hat, wir sind uns doch einig, Lewis, daß er von sich behauptet, ein ganz großer Wagnerliebhaber zu sein – oder?»

«Genau wie Sie.»

«Genau wie ich. Aber ihm nehme ich es nicht ab. Und zwar deswegen –», er tippte mit dem Zeigefinger auf die Stelle, wo ‹Die Valkurie› stand.

Lewis schaute ihn unschlüssig an. «Kommt mir alles recht deutsch vor, Sir.»

Morse lächelte ein wenig. «Eben nicht, Lewis. Das ist nämlich, falls ich das so sagen darf genau der Punkt. Es ist kein richtiges Deutsch. Aber wenn jemand sich sein Leben lang mit etwas beschäftigt, wenn er alles mögliche dazu liest und viel darüber nachdenkt, wenn er es sich von Zeit zu Zeit immer wieder anhört –»

«Wie Sie.»

«Wie ich, ja.»

«Ich verstehe immer noch nicht –»

«Er kann diesen verdammten Namen noch nicht einmal richtig schreiben!»

«Rechtschreibfehler machen wir doch alle mal...»

«Was? Drei Fehler in einem einzigen Wort? Gleich drei? Das glauben Sie doch selber nicht! Er schreibt den Namen nämlich erstens mit ‹V› anstatt mit ‹W›, dann baut er vor dem ‹e› ein falsches ‹i› ein, das da nicht hingehört, und den Umlaut ‹ü› kennt er anscheinend überhaupt nicht –»

«Den was kennt er nicht?»

Morse kramte einen Bierdeckel hervor und schrieb den Namen der Oper auf die Rückseite, wie er richtig geschrieben werden mußte: ‹Die Walküre›.

«Ullman ist doch Deutscher, oder nicht?» fragte Lewis langsam.

«Er kommt aus Deutschland, ja.»

«Aber warum – warum ist ihm dann nicht aufgefallen, was Sie gesehen haben?»

«Inzwischen glaube ich fast, daß es ihm aufgefallen ist, Lewis. Doch – ich bin mir eigentlich ziemlich sicher, daß er es bemerkt hat.»

«Und genauso sicher waren Sie sich trotzdem, daß man heute abend bei ihm einbrechen würde?»

«Wenn ich mir wirklich hundertprozentig sicher gewesen wäre, hätte ich dafür gesorgt, daß ein paar unserer Leute schwerbewaffnet in einer Grünen Minna um die Ecke postiert worden wären.»

«Na ja, wenigstens hat er auf diese Weise seine ganzen kostbaren Möbel behalten können, das ist doch immerhin auch etwas.»

«Ja, so kann man es natürlich auch sehen.»

«Haben Sie auch so kostbare Möbel, Sir?»

«Ich? Nein. Außer einem einzigen Familienerbstück, einem Satz Chippendale-Tischen von 1756, die man übereinanderstellen kann. Und Sie?»

«Nur diesen großen Mahagonischrank – so einen Mehrzweckschrank von 1942. Wir wollten ihn letztes Jahr fortgeben, aber offensichtlich weiß niemand mehr seine Qualität zu schätzen.»

Lewis fuhr wieder zurück in den Stadtnorden, wo Morse ihn noch einmal kurz vor Ullmans Haus anhalten ließ. Sie sahen deutlich, wie drinnen im Salon hinter dem hellerleuchteten Fenster, dessen Vorhänge nicht zugezogen waren, die kleine, wohlbeleibte Gestalt von Eric Ullman vorbeiging.

«Wenn bei dem heute eingebrochen worden ist, will ich Theo heißen», sagte Lewis.

Aber das, wußte Morse nur zu genau, würde nicht eintreffen.

«Sie können jetzt heimfahren, Lewis», sagte er nur. «Ich gehe das Stück zu Fuß.»

«Sind Sie sicher, Sir? Es sind bestimmt 300 Yards.»

«Sparen Sie sich Ihren Sarkasmus, Sergeant!»

«Gute Nacht, Sir.»

Morse hatte seine zwei Co-op-Marken für Halbfettmilch vor die Tür gelegt und war gerade dabei, sich ein Bier einzuschenken – als er plötzlich ganz sicher wußte, daß etwas nicht stimmte. Wieso hatte er denn nur den Zettel auf dem Küchentisch nicht sofort bemerkt?

«Tut mir wirklich leid, Ihnen Unannehmlichkeiten zu machen. Aber Sie hatten nichts anderes, bei dem es sich gelohnt hätte, und ich hoffe bloß, daß ich sie einigermaßen gut verkaufen kann.»

Mehr stand da nicht.

Morse rannte die Stiegen hinauf und sah schon auf dem Absatz das leere, nicht gesaugte Teppichrechteck, auf dem bis vor kurzem die einzig wertvollen Möbel, die von Generation zu Generation in seiner Familie weitergegeben worden waren, gestanden hatten, der Satz Chippendale-Tische von 1756.

Sergeant Dixon hatte Nachtdienst. «Gott sei Dank, daß Sie anrufen, Sir. Wir haben schon versucht, Sie zu erreichen, aber es ist niemand ans Telefon gegangen.»

«Ich war nicht zu Hause, Mann, falls Sie nichts dagegen haben.»

«Natürlich nicht. Es ist ja nur, weil bei Ihnen nämlich eingebrochen worden ist –»

«Deshalb rufe ich doch an, um das zu melden!»

«Sie brauchen sich aber keine Sorgen zu machen, Sir. Mitgenommen wurde nichts. Wir haben sie nämlich gestellt. Es war ein Pärchen.»

«Sie haben was –?»

«Also, da hat uns dieser Typ angerufen und gesagt, daß jemand in Ihrer Wohnung ist, aber als unsere Jungs hinkamen, waren die schon wieder weg. Weil der Typ sich aber die Autonummer notiert hatte – es war ein weißer Miet-Lieferwagen-, konnten wir sie draußen auf der A 40 bei Wheatley stoppen. Aber die hatten bloß ein paar alte Tische hinten drin. Ich kann mir nicht vorstellen, daß sie irgend etwas von Ihnen mitgenommen haben können, Sir. Schätze mal, die haben von unserem Kommen Wind gekriegt.»

«Und dieser Typ – wer war das?»

«Ein Dr. Ullman, Sir. Wohnt ganz bei Ihnen in der Nähe, sagte er jedenfalls.»

Als Morse den Hörer auflegte, schüttelte er von neuem den Kopf. Jetzt war alles – oder zumindest fast alles – klar. Sie mußten beide, Ullman und er, an jenem Mittag im *King's Arms* auf dieselbe Idee gekommen sein. Dieselbe seltsame Idee, daß Brief und Opernkarte keineswegs ein Zeichen von Höflichkeit und Dank waren, sondern nichts als Stufen auf der Leiter einer sehr subtilen Täuschungsstrategie.

Genau.

Und Morse hatte eine Stufe weitergedacht.

Und Ullman hatte zwei Stufen weitergedacht.

Morse sperrte seine Haustür sehr sorgfältig ab, bevor er sich auf den Weg machte.

«Wie wär's mit einem kleinen Bierchen, Herr Hauptkommissar?»

«Ausgezeichnet!»

«Ich habe Sie eigentlich heute noch nicht erwartet.»

«Haben Sie jemals mit dem Gedanken gespielt, für die Polizei zu arbeiten, Doktor?»

«Dazu bin ich leider nicht groß genug.»

«Sie waren mir immer einen Zug voraus.»

«Tja, – aber um ehrlich zu sein, ich hatte auch einen kleinen Vorteil Ihnen gegenüber. Ich habe nämlich bei mir im Vorgarten ein Zaunkönigpärchen, das gerade sein Nest baut, und als ich mir dies letztens durch meinen Feldstecher näher ansehen wollte, fiel mir draußen an der Bushaltestelle eine Frau auf, die ihrerseits selbst auch etwas betrachtete, und zwar mein Haus und die Einfahrt und die Garage... Zwei Tage darauf war sie wieder da, und dieses Mal habe ich sie mir mit dem Fernglas sehr genau angesehen, und da sah ich, daß sie etwas in ein rotes Notizbuch notierte. Sie schrieb mit der linken Hand, und am Nagel ihres Mittelfingers hatte sie eine Art weißen Kratzer, als wenn sie ihn sich in einer Tür geklemmt hätte. Und dann sah ich sie noch einmal, nicht wahr...?»

Ullman lächelte, wobei seine Gesichtszüge einen Moment lang einen fast unheimlichen Ausdruck annahmen.

«Und Sie waren sich völlig sicher, daß ich es sein würde, bei dem heute abend eingebrochen werden sollte», sagte Morse langsam.

«Es kam mir logisch vor. Jedenfalls, wenn Sie doch mein Haus bewachten, konnten Sie nicht gleichzeitig auch Ihres bewachen, oder?»

«Sie haben ziemlich was riskiert.»

«Wirklich?» Der kleine Mann schien erstaunt zu sein.

«Na ja, wenn man bei Ihnen eingebrochen hätte, während Sie bei mir in der Nähe waren und aufpaßten...»

«Nein, nein. Ich riskiere jetzt nichts mehr. Ich habe mir einen Privatdetektiv genommen, damit jemand da war, der die Dinge hier im Auge behielt. Es soll weit und breit keinen besseren geben, Schwarzer Gürtel im Judo und weiß der Himmel was sonst noch.»

«Er muß wirklich gut sein – uns ist er jedenfalls nicht aufgefallen.»

«*Sie*, Herr Hauptkommissar, ...*sie* ist Ihnen nicht aufgefallen. Sie meinte, sie wollte eventuell ihre Anzeigenblatt-Verteiler-Nummer durchziehen ...»

«Verdammt noch mal», murmelte Morse.

«... und ich habe ihr gesagt, sobald ich die Polizei angerufen hätte, könnte sie für heute damit aufhören – das war kurz, bevor ich hierher zurückkam, so gegen neun Uhr.»

«Zehn nach neun, um genau zu sein – es war zehn nach neun, als wir Sie hier reingehen gesehen haben.»

Ullman hüstelte bescheiden und leerte sein Bierglas. «Wenn wir wirklich genau sein wollten, Herr Hauptkommissar, wäre dann nicht richtiger zu sagen, wann *wir Sie* gesehen haben?»

Nun schüttelte Morse zum letztenmal an diesem Tag den Kopf. Dann trank auch er sein Bier aus, verabschiedete sich und wanderte langsam die dreihundert Yards zu seinem Haus zurück.

COLIN DEXTER

Finstere Gründe
rororo 3100

Hüte dich vor Maskeraden
rororo 3239

Ihr Fall, Inspector Morse
Stories. rororo 3148

Die Leiche am Fluß
rororo 3189

Der letzte Bus nach Woodstock
rororo 3142

Eine Messe für all die Toten
rororo 3173

Mord am Oxford-Kanal
rororo 2960

Das Rätsel der dritten Meile
rororo 2806

Tod für Don Juan
rororo 3041

Die Toten von Jericho
rororo 3242
(erscheint im Oktober 96)

... wurde sie zuletzt gesehen
rororo 3156